RAVISSEMENT

LAURENCE LIEUTAUD

RAVISSEMENT

roman

BERNARD GRASSET
PARIS

Couverture : © Gettyimages.

ISBN 978-2-246-82405-3

À Monette, ma grand-mère

I

La maison a brûlé, cette nuit-là, tout entière. On n'a pas su d'où le feu était parti, mais il n'est rien resté entre ses murs noircis. On n'a rien retrouvé de lui non plus, à part son fauteuil roulant, au siège éventré, aux roues explosées, calcinées. Quand les flammes ont été maîtrisées, à l'aube, les pompiers ont fouillé les décombres. On aurait dû trouver des os, de la chair carbonisée…

Il y avait eu du vent cette semaine-là, un vent qui s'acharne, qui épuise, qui fait geindre les huisseries. Il m'appelait ; il ne pouvait pas dormir, alors je prenais un livre et je lui faisais la lecture à voix haute, une voix blanche qu'interrompaient des silences quand ma tête basculait en avant et que le livre me tombait des mains. Il disait mon prénom. *Louise, ne t'endors pas*. Je sursautais avant de reprendre ma lecture. Les jours de vent, il ne dormait jamais. Le mistral réveillait des douleurs dans ses jambes mortes. Moi non plus, je ne fermais pas l'œil, j'étouffais comme si je cherchais de l'air, en vain, la tête coincée dans un sac en plastique. Parfois il ne voulait pas que je lise mais que je masse ses membres grêles, à la peau si fragile qu'on aurait dit du papier à cigarette ; une peau qui se déchirait derrière les cuisses, une peau si exigeante à soigner qu'il fallait des mois pour que les plaies se referment. Les jours de vent, j'avais toujours peur de ne plus avoir le courage, de ne plus être la femme parfaite qu'il fallait que je sois.

La pelleteuse, bête préhistorique à la gueule dentée, énorme et vorace, creusait, dès l'aurore, le trou de la piscine, vomissant des amas de terre dans la poussière et la routine du moteur.

La maison est isolée sur le plateau ; on la rejoint par une route petite et sombre qui serpente dans la pinède. Soudain, à la sortie d'un virage, c'est plat, vide, sec. Les arbres maigres végètent autour de la vieille bâtisse, plantés dans une terre aride, malmenés par les bourrasques. J'aimais descendre jusqu'à la crique à travers les pins qui cachaient le soleil, l'été, quand il faisait si chaud à la maison que chaque respiration était comme une brûlure. Il se mettait sous la tonnelle, à l'ombre chétive de la vigne vierge, et il me regardait marcher à travers le plateau, dans l'air tremblant de chaleur, sous mon large chapeau de paille, jusqu'à ce que je disparaisse derrière le premier bosquet d'arbres. À mon retour, plusieurs heures plus tard, il n'avait pas bougé ; il m'attendait. *Louise, pousse mon fauteuil.* Le soleil était moins haut, je posais mes lèvres salées de mer sur son front en sueur et le conduisais vers l'atelier. Je lui installais sa toile, ses peintures, ses pigments, ses pinceaux avant d'aller préparer des rafraîchissements. Je lisais sur la terrasse, dans le soleil couchant, souvent rouge, qui annonçait le retour du mistral. Il manquait toujours quelque chose : *Louise, apporte-moi la raclette, un chiffon, change l'eau... Louise !* Je posais mon livre sur la table de jardin en fer forgé et j'étais près de lui. Il voulait que je masse ses épaules, que je lui parle de la crique où il m'avait si rarement accompagnée... que je prépare le repas, que je reste en silence près de lui, pendant qu'il peignait. Je m'égarais dans mes rêveries, il me rappelait à l'ordre : *Louise, le dîner brûle.* Le lapin chasseur avait accroché, il n'y avait plus de sauce mais de la fumée dans toute la maison. La bête carbonisée faisait un bruit sourd en cognant le fond de la poubelle. Je me remettais en cuisine.

Il y avait eu du vent cette semaine-là, un vent violent qui enflait même durant la nuit. Il charriait la poussière du plateau et des travaux, il desséchait la peau, les cheveux, le nez et les lèvres. Je ne dormais pas, mes cicatrices me démangeaient, à tel point que j'enchaînais les douches glacées, jusqu'à l'aube, pour les apaiser. Parfois, je cédais à l'envie et je les grattais jusqu'au sang. Au petit matin, c'était une scène de crime : draps emmêlés, maculés de rouge.

J'avais du mal à gagner la voiture pour les courses au village, fouettée par les rafales, épuisée par mes nuits d'insomnie. Mais j'aurais rampé s'il l'avait fallu, je devais sortir, fuir une heure ou deux les gémissements de la maison et les plaintes de Paul. Cent fois, il avait essayé de peindre, mais la toile était restée vierge. Il avait même fini par la lacérer à coups de cutter avant d'entrer dans une de ces colères que je redoutais tant. Il maudissait le sort, le ciel, le pisciniste en retard, des coupables indéfinis qu'il fustigeait en tapant du poing. Nous étions à table, il tempêtait dans le vide, puis soudain, ma fourchette cognait l'assiette et lui rappelait ma présence. Il s'en prenait à moi, hurlait. Il m'aurait frappée si j'avais été à portée de main. Je pleurais en silence jusqu'à ce qu'il cesse : *pardonne-moi Louise, c'est ce vent… Louise, dis quelque chose, bon sang !*

Louise, s'il te plaît. Je le rassurais, bien sûr, le vent était cause de tout. Il fallait que je consulte la météo sur-le-champ, pour savoir ; mais les prévisions étaient mauvaises, pas d'accalmie jusqu'à la semaine suivante. Je comptais mes nuits sans sommeil.

Le matin, je descendais au village, la voiture tanguait sur la route des pins. C'était l'été, il y avait des touristes sur le marché, dans les boutiques et les cafés ; ils ne redoutaient pas le mistral, à l'abri dans leurs hôtels de luxe, sur la promenade, photographiant la mer furieuse qui dévorait la plage. Je rencontrais nos anciens amis qui me proposaient parfois de boire l'apéritif dans un bar à la mode mais je les sentais lointains. Depuis l'accident, Paul avait toujours refusé que nous les recevions ou que nous honorions leurs invitations. Nous étions sortis du cercle, nous vivions en reclus dans notre bastide isolée. Lorsqu'ils me demandaient de nos nouvelles, je restais évasive, épuisée, abrutie par le manque de sommeil et le pastis trop tassé que j'avais eu la faiblesse de commander. Je n'étais pas bavarde, mon quotidien ne valait pas d'être raconté. Eux, revenaient d'Italie, étaient en partance pour Londres ou projetaient un voyage en voilier en Méditerranée. *À quand la prochaine exposition de Paul ?* Un événement à ne pas manquer, pour sûr, quand on appartenait à la catégorie des gens de bon goût qui suivent les artistes confirmés. Ils ne pouvaient pas prévoir qu'il n'y aurait plus de vernissage, que les dernières toiles seraient avalées par le feu. De toute façon, Paul ne parvenait pratiquement plus à terminer ses œuvres, à part des portraits de moi, coiffée d'un chapeau de paille et foulant la terre craquelée du plateau. Les variantes, d'un tableau à l'autre, devenaient de plus en plus ténues. Les dernières semaines, il s'était mis à reproduire exactement les mêmes motifs, les mêmes couleurs, la même composition, comme s'il s'acharnait à se plagier. Il empilait les toiles jumelles, à côté du chevalet et avant d'en entamer une nouvelle, il les scrutait longtemps, l'une après l'autre. Puis je le voyais reprendre ses pinceaux, mélanger les pigments, mais je savais exactement ce qui apparaîtrait finalement. *Qu'en penses-tu, Louise ?* Je savais pourtant ce que j'allais découvrir, je savais ; mais la stupeur me rendait muette. *Réponds, bon sang !* Il s'impatientait : *Louise, dis quelque chose !* Et que je ne m'avise pas de répondre qu'il n'y avait rien à dire de plus, que tout avait été dit depuis la toile précédente, depuis toutes les toiles précédentes. Je m'efforçais de trouver une remarque neuve sur la souffrance de la terre craquelée, avide de pluie, qui se déchirait sous mes sandales de toile bleue. Il détestait les commentaires anthropomorphiques : *la souffrance de la terre, ma pauvre Louise !* Il voulait que je m'attache à la technique, aux perspectives, au traitement de la couleur... Mais il n'y avait rien à dire de plus sur ce portrait sans cesse recommencé mais toujours semblable. *Tu ne vas pas te remettre à pleurer !* Ma bouche frémissait, les commissures des lèvres, agitées de tremblements, s'étiraient vers le bas et les larmes venaient aux yeux, malgré moi. Il me hurlait alors de quitter l'atelier ; d'autres fois, il me demandait de me mettre à genoux devant le fauteuil et il penchait son buste pour m'embrasser, fourrant sa langue jusqu'au fond de ma gorge, presque à faire vomir. Après ces baisers-là, il disait toujours : *ce soir, tu viendras dans ma chambre.* Je peinais à avaler nos salives mêlées, une protestation avortée à l'orée des lèvres. Je ne pouvais penser à rien d'autre qu'à ses mains aux doigts rugueux qu'il promènerait sur mon corps nu... au contact de sa langue, partout, à donner des frissons de dégoût. À l'heure où le soleil rouge chavirait derrière les plus grands arbres de la pinède, je tournais en rond comme une naufragée. Déjà, nous avions dîné, déjà nous avions pris un digestif sur la terrasse, plusieurs verres pour moi d'ailleurs, ces soirs-là. Je savais qu'il allait être temps d'y aller, que Paul allait me demander de le pousser jusqu'à l'ascenseur, de l'aider à se hisser dans son lit... Puis il me faudrait regagner ma chambre, me mettre nue et le rejoindre. Il aurait, pendant ce temps, sorti de sa table de nuit les objets de son choix. *Louise, approche donc*. Je pourrais, ensuite, sous la douche, chasser l'odeur tenace du plastique imprégnée partout en moi et le goût de sa salive.

Tout a brûlé cette nuit-là. Le bois rare de la table de chevet comme tous les gadgets de caoutchouc commandés par correspondance, depuis l'ordinateur de son bureau.

II

Il avait fait de moi la femme que tous auraient voulu avoir. Du moins le disait-il avec fierté, quand je parvenais à me couler dans le moule qu'il avait fabriqué pour moi, quand la moindre mèche de cheveux se pliait avec docilité à la coiffure qu'il avait imaginée. Il m'avait appris à m'habiller, à me coiffer, à me maquiller... Il m'avait éduquée. Certains jours, je sortais du cadre, les cheveux dissidents se groupaient en boucles inégales, je revenais de la plage dans une robe froissée, auréolée de sel, des traînées de rimmel sur les joues. Selon son humeur, il souriait avec indulgence, *voilà ma petite femme version nature !* Sinon, c'était un regard appuyé et méprisant qui annonçait le pire.

Un an et demi après notre rencontre, il avait décrété que nous ne dormirions plus ensemble. Les premières années, quand je sortais de sa chambre, quand le cours pratique d'éducation sexuelle s'achevait, que j'avais eu droit à ses commentaires sur mes performances, je devais regagner mon lit et me mettre aux lectures sélectionnées par lui pour la semaine. Magnanime, il m'autorisait à les répartir à ma guise mais le dimanche soir tout serait lu, un point c'est tout. Au début, je trouvais, sur ma table de nuit, des classiques du genre romanesque, des pièces de théâtre du XVIIe siècle, des essais sur l'art ou la philosophie. Jusqu'au petit matin, je peinais, un dictionnaire kantien à portée de main ; ma vue se brouillait, je sentais mes paupières se rabattre sur mes yeux comme on tire, d'un geste brusque, un rideau de fer. Mais je m'acharnais. Avec le temps, le programme s'allégerait et je commencerais timidement d'abord, puis gagnant en assurance, à faire mes propres choix de lectrice.

III

Dans la chaleur de juillet, la vieille Toinette somnole devant la télévision allumée quand retentit la sonnette. Elle extrait son corps décharné du fauteuil pour aller ouvrir. *Voilà, voilà, j'arrive !* Elle traîne la patte, le bassin soudé comme un vieux berger allemand. *Louise ! Ma Louise !* Je devine les mots. Mouvement de ses lèvres sans un son. Elle est bouche bée devant l'étrangère qui me ressemble mais avec quinze ans de plus, trop maigre, toute droite, une femme qui s'est substituée à la jeune fille tant aimée.

— Tu ne me reconnais pas ? (Ma voix est fêlée.) Tu ne me reconnais pas, Toinette ?

La vieille femme hoche la tête, accélérant le slalom des larmes sur la piste de ses joues. Comme elle reste les bras ballants, je la prends dans mes bras : *pardon, pardon, pardon.* La douce litanie, les larmes mêlées, les poitrines collées où s'emballent les cœurs, ses doigts qui m'agrippent. Je voudrais que tout s'arrête là, lovée dans les bras de ma grand-mère.

— Ça fait combien de temps, ma Louise ? murmure Toinette.

— Quinze ans.

Ça fait quinze longues années…

C'était l'été aussi, c'était l'année du bac. J'avais fêté mes dix-huit ans quelques mois plus tôt.

Le lundi soir, Yvan était venu me chercher chez Toinette avec sa vieille moto. Elle lui faisait promettre à chaque fois et il avait promis d'être prudent. La bande était déjà sur les berges de la rivière. On s'était claqué des bises, on avait bu des bières, mangé n'importe quoi, des chips écœurantes qui graissent le palais, on s'était baignés nus ; l'eau était fraîche, limpide, puissante. Il fallait des brasses régulières pour remonter le courant. Yvan et moi, on nageait côte à côte. Quand les mouvements étaient moins vigoureux, on faisait du surplace, parfois même, on perdait du terrain, aspirés par la succion des eaux fortes. À l'épreuve du courant, les muscles douloureux semblaient durcis. On se jetait finalement sur la berge, couchés sur le dos, le cœur emballé comme un cheval fou.

Après le bain, on faisait des projets de vacances. J'allais gagner 4500 francs d'ici fin juillet en travaillant à la boulangerie, deux des garçons étaient embauchés comme magasiniers au supermarché, Yvan et Lorine étaient animateurs au centre aéré. Les îles grecques, l'Espagne, la Turquie… *Trop chaud !* disait Théo qui devait préserver sa peau blanche du soleil. *Pourquoi pas Amsterdam ?*

La nuit étoilée au-dessus de nos têtes, on parlait fort, on riait, la main d'Yvan s'était glissée sous ma robe et caressait un sein. Ma tête était posée sur son épaule. Je me souviendrais toujours de cette soirée, semblable à toutes celles de cet été-là, mais unique, puisque c'était la dernière avec Yvan, tout contre moi, ma tête basculée sur son épaule, mon sein dans sa paume douce et tiède. Les flammes du feu de camp faisaient des ombres étranges sur nos visages heureux. Les heures s'écoulaient paisiblement sur nos peaux lisses, sans accrocs. On avait dix-huit ans. Le temps nous mangeait dans la main. On disait : *demain, demain, demain…*

Le lendemain, aux alentours de midi, des estivants sont entrés dans la boulangerie ; ils étaient bruyants, bronzés, élégants. Un homme, la trentaine, m'a regardée quelques secondes de trop. Il a suffi de l'insistance de ces yeux-là, de quelques mots anodins échappés de cette bouche-là, de sa voix pénétrante comme une lame dans mes entrailles. Il a suffi d'un rien pour qu'il me ravisse tout entière. Il m'a interrogée sur les plus beaux endroits pour se baigner dans la rivière. En disant la vérité, j'ai eu l'impression d'une petite trahison. Yvan et les autres n'auraient pas aimé que j'y emmène des étrangers.

— C'est notre coin. On se retrouve où vous savez, avions-nous l'habitude de dire, énigmatiques.

Derrière le comptoir, j'emballais maladroitement des viennoiseries, quand l'homme s'est présenté : il louait la bergerie des crêtes avec des amis pour la semaine. Il m'a invitée à une soirée qui aurait lieu le samedi, la veille de leur départ. J'ai senti le sang affluer à mes joues. Je bredouillais ; je ne savais pas si je pourrais… si je serais libre ; non, sûrement pas, ou peut-être…

Il m'a coupée : *affaire conclue, alors. Je viens vous prendre à 19 h 30 juste devant.* Il m'a tendu la main et a gardé la mienne dans l'étau de ses longs doigts quelques instants de trop.

— Paul, enchanté.

— Louise.

J'ai dû me jeter de l'eau au visage, je me sentais ridicule, je me détestais, quelle godiche. Je n'irais pas, il y avait mieux à faire de toute façon. À l'origine, nous devions aller à un concert en ville à cinquante kilomètres mais seul Théo avait le permis et il s'était cassé la jambe en tombant d'une échelle le mercredi. Il avait ensuite été question d'une fête dans le garage de Lorine mais ses parents, censés être absents, avaient annulé leur week-end au dernier moment. Sa mère n'aurait pas supporté notre « musique de dégénérés ». Yvan et Marc, un jeune Parisien qui résidait dans une maison de vacances dans le village, avaient finalement décidé d'organiser une partie de pêche nocturne pour le samedi. Ils en parlaient, la veille, à la terrasse du Café de la Place. J'avais mes pieds sur les cuisses d'Yvan, il les massait doucement, exerçant une pression agréable sur mes plantes, pour alléger mes jambes que la station debout, derrière le comptoir de la boulangerie, avait alourdies.

— Tu peux venir pêcher avec nous, Louise, si tu n'as rien de mieux à faire. Louise ? Louise, tu rêves ?

— Peut-être ; on verra.

J'étais ailleurs. Je pensais à la fête à venir, dans la bergerie aménagée en gîte luxueux avec piscine, située à dix kilomètres de là, à la sortie d'un joli village perché qui attirait les touristes. En buvant ma bière, j'apercevais la bâtisse sur les hauteurs, tout illuminée, d'où le client inconnu regardait peut-être le village.

La bouche de cet homme ; mon désir brut d'une morsure de ses dents dans mon cou, de mots crus dans mon oreille, de mains fouisseuses sous les robes…

Alors ça y est, tu l'as fait ! C'est pas trop tôt ! avait commenté Lorine, un mois plus tôt, dans le bus qui nous conduisait au lycée. À la fin de l'année de seconde, elle s'était débarrassée de sa virginité, vite fait bien fait, avec un touriste allemand dans son garage. Elle s'était mise alors à classer les lycéennes en deux groupes : celles qui « l'avaient fait » et les autres ; les vraies femmes et celles qui ne l'étaient pas encore. J'avais enfin changé de catégorie, quelques jours avant les premières épreuves du bac.

Yvan était entré par la fenêtre de ma chambre. *Tu es sûre, Louise ?* En guise de réponse, je l'avais attiré contre moi, dans le lit étroit. Ça avait été doux et lent. Je n'avais presque pas eu mal. Quand il était parti avant que Toinette ne se lève, j'avais soulevé la couette pour être certaine que ça s'était vraiment passé. Il y avait juste un peu de sang séché sur le drap.

Quand il voulait faire l'amour, il ne le disait pas mais il me proposait d'aller à la rivière, l'air de rien. *Et si on se baignait ?* En sortant de l'eau, il commençait à me sécher doucement avec la serviette-éponge, puis il m'entraînait sous les arbres, tout près de la rivière. À moins que ce ne soit moi qui colle brutalement mon corps mouillé au sien et qui ne referme le drap de bain autour de nous. C'était maladroit, émouvant, ces caresses incertaines, c'était comme une première fois à répétition, cet été-là. Nous étions gauches dans nos corps timides, tout neufs, nos ventres avides. Après l'amour, on restait l'un dans l'autre, confondus dans la nuit tiède. D'autres fois, on allait au ponton où étaient amarrées les barques des villageois. On se couchait à fond de cale, l'un sur l'autre, les petites embarcations se cognaient doucement, imposant leur rythme régulier à nos bassins mobiles. Comme je n'avais pas répondu, il a demandé à nouveau. *Et si on se baignait ?*

Mais ce vendredi-là, je n'avais pas envie, j'ai dit que j'avais sommeil :

— Je me lève à 6 heures pour l'ouverture de la boulangerie et si je me couche tard, je ne tiendrai pas tout le mois. Je suis crevée.

Yvan n'insistait jamais pour rien. J'ignorais que c'était ça, la délicatesse.

— Un dernier baiser au moins ! (Le ton était exagérément suppliant pour rire.) Louise, s'il te plaît, encore un !

Je riais et tendais mes lèvres, faisais mine de partir et revenais quand il me rappelait. Et puis ce fut vraiment le dernier baiser. Le tout dernier.

Le samedi, j'étais fébrile, je me suis trompée plusieurs fois en rendant la monnaie, je confondais la tradition et la baguette à l'ancienne, j'ai donné un beignet à la confiture à l'enfant capricieux qui réclamait en hurlant celui au chocolat. J'allais et venais de part et d'autre du comptoir, comme l'animal inquiet qui sent venir l'orage. Alors que je tirais le rideau de fer à 19 h 45, j'ai entendu une voiture qui ralentissait à mon niveau.

— J'ai eu peur de vous rater.

C'était Paul au volant d'une Barchetta. Il ouvrait déjà la portière côté passager. Je m'étais persuadée qu'il ne viendrait pas. Aussi n'avais-je fait aucun effort de toilette : une petite robe « de tous les jours », disait ma grand-mère, aux motifs un peu délavés, avec de fines bretelles et des sandales toutes bêtes. Je n'étais pas maquillée non plus, les cheveux lâchés, peut-être même emmêlés, des traces de farine sur les mollets, sur les joues et le front comme je le verrais dans le miroir immense du salon de la bergerie. Pour la première fois, je n'ai pas prévenu Toinette que je ne rentrais pas.

Paul m'a appris qu'il était peintre, il m'a parlé de sa cote qui ne cessait de monter, de l'appartement donnant sur le fleuve, qu'il venait d'acheter à deux heures de route de là, plus au sud : *un quartier à la mode, des petits bars, des artistes, des étudiants.* Je n'avais jamais entendu une si belle voix, chaude, caressante, un peu rauque, une voix et un regard enchanteurs. Et des mains longues, fines et agiles, de celles qui étreignent ou étranglent. Il était garé depuis une demi-heure mais il ne descendait pas de la voiture, se racontait avec un plaisir gourmand, insatiable, communicatif. J'imaginais sa vie de bohème dans cette petite ville historique, le bonheur de peindre, les expositions à venir, les premières hors de France. *New York en août, un mois entier, tu te rends compte ?* Il s'était mis à me tutoyer. Je l'écoutais. *Et toi, que comptes-tu faire à la rentrée ?* Je m'étais inscrite dans une prépa au concours de l'école d'infirmières et j'allais loger dans une chambre de cité universitaire. J'ai fait un rapide inventaire de mes « projets » qui m'ont paru dérisoires.

— Bon, ben, allons rejoindre les autres, que je te présente. (Il m'a tenu la portière avec une obséquiosité feinte.) Si Mademoiselle veut bien se donner la peine.

Il ne m'avait posé aucune question gênante sur ma famille, qui se limitait à ma seule Toinette. Justement, ma grand-mère, il fallait tout de suite que je l'appelle pour prévenir !

— Il y a le téléphone au gîte ?

— Le petit chaperon rouge est attendu par sa mère-grand ? (Le ton était moqueur.)

Je me suis reprise.

— Oui, mais... Il faut qu'elle s'habitue, je n'ai pas à la tenir informée de mes moindres faits et gestes, je suis majeure après tout.

— Bien parlé !

Il conservait un sourire en coin qui m'a incitée à lui montrer que je n'étais plus une enfant. À peine arrivée dans la bergerie, j'ai demandé un bloody mary bien tassé à Paul qui s'est fait un plaisir de s'exécuter. Ses amis chahutaient dans la piscine et j'ai bu mon verre presque cul sec, pour noyer le malaise. Dans la glace, j'ai surpris mon visage couvert de farine, je l'ai frotté avec colère. Je me sentais gauche, mal fagotée dans ma robe de fillette quand les femmes bronzées dans leurs maillots de marque sont venues s'enquérir de l'identité de cette toute mignonne et toute jeune personne.

Signe de ralliement, la voix de Paul a aimanté tous les convives vers la terrasse. Il venait de parler au galeriste new-yorkais qui allait l'exposer. Et comme ça, sur un coup de tête, par jeu, par fanfaronnade, il avait réclamé, au lieu du traditionnel 50-50, un 30-70 en sa faveur. Il savait raconter une histoire, imiter l'accent de son interlocuteur, ménager sa chute. Un silence à l'autre bout du fil. Partie de poker transatlantique. Puis la voix américaine, lointaine, résignée : « *Done deal.* » *Affaire conclue ! Bingo !* Autour du peintre, c'était l'émoi, des vibrations enthousiastes et même quelques bravos.

Un homme souriant a tapé deux, trois fois dans le dos de Paul, avec une admiration affectueuse.

— Louise, je te présente François. Mon ami de la vie. C'est comme ça que je l'appelais enfant. Et c'est vrai. Nous deux, c'est à la vie à la mort. Et Voilà sa femme, Clara.

Clara m'a plu tout de suite. Elle est sortie de la piscine dans son deux-pièces jaune, a marché vers moi, comme si elle me reconnaissait, et m'a embrassée avec chaleur. Elle m'a mise à l'aise si vite que j'ai eu envie de lui parler de moi. Elle savait écouter, mais j'ai senti en elle une douleur, une absence, qu'elle dissimulait par un léger sourire, à peine un étirement des lèvres, sur son visage insondable. J'ai su plus tard qu'on la disait distante, imbue d'elle-même, alors que je l'avais trouvée accessible et spontanée, dès le premier jour ; une proximité immédiate et évidente.

Il y avait une vingtaine d'adultes, ce soir-là, trentenaires, quadragénaires. J'ai été étonnée d'entendre un rire débridé d'enfant. Il venait de la piscine. Paul portait sur ses épaules une fillette aux cheveux bouclés de six ou sept ans. Il s'immergeait, ressortait en dépliant ses jambes d'un coup ; la cavalière passait d'une peur exquise, quand son menton frôlait l'eau, à de grands éclats de rire dès que la monture la faisait décoller dans une détente de tout le corps. J'ai été émue, comme chaque fois qu'à la piscine municipale ou à la rivière je voyais un homme batifoler dans l'eau avec sa petite. Si seulement j'avais été cette fillette-là ! Si seulement Paul était le père de cette fillette-là. À cet instant, j'ai eu fugacement l'image d'une petite famille heureuse, sans trop savoir si je m'imaginais dans la peau de la mère ou dans celle de la fille.

Le rire devenait fou, incontrôlable, un rire d'enfant que le jeu surexcite. *Allez, ma chérie, c'est l'heure de sortir de la piscine, il est tard, tu vas attraper froid. Non, maman, s'il te plaît, encore un peu.* Très vite, il a fallu obéir parce que la voix maternelle se faisait sévère. Paul a promis qu'on jouerait encore demain. Alors, la fillette s'est laissé arracher à ses épaules et sécher à regret. J'avais envie de me mettre en maillot moi aussi, de me jeter à l'eau, de passer mes jambes autour du cou de Paul qui m'aurait entraînée dans d'aquatiques montagnes russes. Mais il était déjà sorti de la piscine, s'ébrouait énergiquement, m'éclaboussant exprès. J'ai reculé en riant, il m'a attrapée par le bras, secouant sa tête dans le creux de mon cou. La chair de poule s'est propagée sur toute l'étendue de ma peau. Il l'a sentie alors que l'étreinte ferme de sa main se muait en caresse, de l'épaule au bout de mes doigts.

Pendant quelques instants, nous n'avons ni ri ni parlé. Puis, Paul m'a laissée seule pour aller s'habiller. Au moment où il ressortait de la bergerie, pieds nus, en jean et chemise claire, il a été happé par un groupe d'amis de retour d'un canyoning, tous impatients d'entendre comment il avait négocié ce pourcentage faramineux avec le galeriste new-yorkais.

Clara est venue me demander ce que je voulais boire. Je me suis confiée à elle après trois ou quatre bloody mary, avant le gouffre, avant de me retrouver au matin dans le lit de Paul, le corps moite et la tête lourde.

Elle s'était rapprochée de moi sur la balancelle ; sa cuisse fraîche contre la mienne, elle m'écoutait en souriant. J'avais ouvert les vannes. Des bouffées d'enfance me montaient aux lèvres. Je lui ai dit pour mon père inconnu sur le livret de famille, pour ma mère enterrée avec sa perruque et la valise que j'avais voulu mettre sur le cercueil avant de le recouvrir de terre. Toinette avait soupiré mais elle voulait éviter une scène au cimetière : *quand même, aller gâcher du beau cuir comme ça !* Elle n'avait pas pu s'en empêcher. J'ai parlé d'elle, ma mémé si douce, en vrai, mais un peu bourrue en apparence, qui grommelait devant les infos, détestait ses voisines et crachait comme un lama à la moindre colère. Qui faisait des bosses quand elle tressait les cheveux et les meilleures crêpes du monde. Pour la Chandeleur, on s'entassait dans la petite cuisine, tous les gosses du coin s'en souviennent. Elle, aux fourneaux, qui nous servait à tour de rôle sans s'arrêter. *Les crêpes, c'est comme ça, il faut les manger à peine tombées de la poêle. Hop, toutes chaudes ! Regardez, les petits, juste un peu dorées.*

— Ta grand-mère, elle est plouc, mais c'est la reine de la crêpe, reconnaissait mon amie Lorine, qui avait hérité d'une langue de vipère bien pendue. Même que ma mère, elle dit que c'est vieillot chez toi, elle dit que ça doit pas être drôle tous les jours pour une enfant, ces tapisseries moches, cette nappe à carreaux, mon Dieu ! Quelle horreur !

Elle imitait sa mère, riait en se tenant les côtes, comme elle le voyait faire dans les mauvais films.

— C'est pas vrai, c'est pas vieillot chez moi !

Je boudais. Longtemps, je me suis demandé comment c'était chez Lorine. Je n'y ai pas été invitée jusqu'à l'adolescence. Sa mère était maniaque, pas question que des gosses crasseux viennent saloper son joli intérieur aménagé sur le modèle de magazines de décoration. En vérité, elle recevait les enfants du pharmacien. Elle se serait pliée en quatre pour la progéniture du maire : une bêcheuse qui avait peur de la rivière et un blondinet souffreteux. Mais la petite fille bâtarde et orpheline d'une paysanne, à quoi bon ?

J'avais un peu honte quand les coudes restaient collés à la toile cirée que Toinette avait nettoyée à la va-vite avec un vieux torchon pégueux. Yvan me disait qu'il aimait beaucoup chez ma grand-mère. On pouvait courir partout, même avec les pieds pleins de boue, fouiller au grenier dans les malles des ancêtres, comme les appelait Toinette. On se déguisait avec des robes en dentelle jaunie ou les uniformes militaires des hommes de la famille tombés pour la France. Dans l'un d'entre eux, il y avait un trou aux contours noircis par lequel la balle était entrée pour se loger dans le cœur. *En plein dans le mille !* Même Lorine était impressionnée. *Allez, on joue à la guerre !* Théo en avait marre de faire le rôle du cousin mort, mais ça lui allait bien. Il était tellement pâle que c'était plus vrai que nature. On se disputait pour porter la robe en dentelle, celle de la mariée qui épouserait Yvan, lequel se prenait les pieds dans le pantalon d'uniforme trop long. Ma grand-mère nous prêtait même son alliance et celle de son « défunt mari » ; elle aimait beaucoup cette expression, qu'elle prononçait avec dignité. Après, elle soupirait et s'arrêtait de frotter avec « le chiffon de par terre » les traces de pas boueux que nous avions laissées derrière nous. On observait, comme elle, une minute de silence. *C'est ce qui se fait pour les morts.* On attendait ensuite qu'elle se reprenne pour se remettre à jouer.

— « Le chiffon de par terre », elle peut pas dire serpillière comme tout le monde ta mémé ?

— Tais-toi ! D'abord, elle dit ce qu'elle veut.

Lorine m'agaçait. Je lui aurais sauté à la gorge si Théo ne nous avait pas rappelées à l'ordre, couché par terre, sur le ventre.

— Ça suffit, les filles, moi j'en peux plus de faire le cousin défunt.

On était tous pliés de rire dans nos costumes trop grands.

Lorine gâchait toujours un peu l'ambiance au bout du compte en me répétant ce qui se disait chez elle :

— Avant, Toinette n'organisait jamais d'anniversaire, jamais de goûter crêpes pour ta mère, les copines de classe n'étaient jamais invitées à mettre un pied dans la maison. Maintenant, ta mémé, elle te gâte trop ; quand je raconte à maman qu'elle nous fait des crêpes à chaque fois qu'on vient, qu'on joue avec les alliances et les robes des mariées, en mettant du désordre et des traces boue partout, elle dit : *non, mais quelle famille !*

La plupart du temps, tous les mômes du quartier pouvaient hurler dans notre maison, sauter sur les lits, se poursuivre dans l'escalier étroit qui menait aux chambres ou sur l'échelle branlante du grenier, sans que Toinette dise rien. Mais parfois, sans raison, elle se mettait à brailler : *fichez-moi le camp, espèces de morveux ! Silence !* Elle en attrapait un par le col pour le jeter carrément dehors. *Et toi aussi, Louise, va prendre l'air, bon sang !* Elle me poussait dans le jardinet et fermait la porte à clé derrière moi. On était fatalistes ; *la vieille fait sa crise*, disait Lorine. J'aimais pas l'expression, mais comme j'aimais encore moins les humeurs de ma grand-mère, je hochais la tête. *Ça lui aura passé mercredi prochain, c'est sûr !* prédisait Yvan. *Si on allait à la rivière, au gros rocher ?* On n'avait pas le droit, à cause du courant, mais on y allait quand même, on y va toujours d'ailleurs, c'est notre coin.

— Ah, oui, c'est magnifique, confirmait Clara. Paul nous y a emmenés, il y a des arbres immenses et le bras de rivière est très large à cet endroit. Il nous a dit que c'était une jolie jeune fille qui lui avait indiqué le lieu. C'était toi, donc. Il y a un sacré courant, c'est vrai. Vous n'aviez pas peur de vous noyer quand vous étiez enfants ?

— Oh, non !

Au contraire, on se croyait invincibles quand on luttait contre les vagues. Je me baignais dans une culotte en coton, elle ne séchait pas, je devais la cacher pour ne pas que Toinette devine. Au retour, je grattais à la porte, elle ouvrait : *alors petit chat de gouttière, tu as du rose aux joues, ça fait du bien de prendre l'air, ça secoue la poussière !* Elle m'ébouriffait affectueusement. *Allez rentre, va.*

Sa colère s'était dissipée, diluée dans l'air comme les relents toxiques d'une pièce confinée qu'on chasse en ouvrant les fenêtres.

L'effet de la vodka sans doute, je n'arrêtais plus de parler. Clara me regardait avec tendresse, m'encourageait à continuer.

— Toinette a toujours vécu au village, elle est née à domicile, comme tous nos ancêtres depuis que la maison a été construite au début XVIIIe. Ça fait tout drôle de se dire qu'avant, on n'accouchait pas à l'hôpital. La vie commençait et finissait sous le même toit, et voilà, la boucle était bouclée. Depuis la mort de mon grand-père que je n'ai pas connu, elle aide aux champs, dans les vignes du vieux Roche, aux bourgeons tous les printemps et aux vendanges en septembre. Le père Roche dit qu'il a trouvé une perle : elle aligne ses rangs, sans bavarder, sans s'arrêter. *Ta mémé, Louise, c'est une bête de somme.* J'aime pas trop l'expression, mais je crois qu'il a de l'admiration pour Toinette. En plus, elle a son petit lopin juste après la chapelle, elle y cultive des fruits et des légumes qu'elle vend au marché pendant la saison touristique. J'aime bien l'accompagner quand je peux, pas en ce moment à cause du boulot à la boulangerie. C'est tellement beau ici le lever du jour, le soleil sur la colline. Ces couleurs, si tu voyais ! Il faut partir à l'aube avec une grosse brouette, les jours de marché. Toinette, elle est sûre de tout vendre, parce qu'elle ne ramasse que ce qui est mûr. C'est tout frais cueilli, comme elle dit.

— On ne risque pas de voir le jour se lever ici ; on se couche tard tous les soirs, alors le matin, personne n'est debout avant 11 heures. Vivement que je reprenne le boulot ! C'est crevant ce rythme, avait conclu Clara.

Il y avait de la musique, on était allongées toutes les deux sur des transats devant l'eau morte de la piscine quand elle s'est mise à parler à son tour.

— Tu es tellement jeune, Louise, tellement jeune, tellement naïve. (Elle l'a dit avec affection, puis elle a mis les mains sur son visage.) Excuse-moi, tu remues des souvenirs, tu me rappelles ma sœur, Amélie ; les grands yeux, l'expression de la bouche, je ne sais pas. Elle venait d'avoir son bac, comme toi, enfin presque, elle étudiait le chinois à l'université, en deuxième année. Nos parents avaient trouvé ça bizarre comme choix. Elle était douée pour les langues, elle parlait déjà l'anglais et l'espagnol. Elle est même partie deux trimestres étudier à l'étranger alors qu'elle était encore au lycée. Et toutes ses correspondantes qui ont défilé chez nous ! J'étais furieuse, il fallait que je leur laisse ma chambre ! Qu'est-ce qu'on a pu se disputer à l'adolescence ! Elle avait une fraîcheur et une spontanéité qui parfois me rendaient jalouse. J'ai toujours eu peur de donner une mauvaise image de moi, j'ai toujours été sous contrôle alors qu'Amélie, elle s'en foutait ! Elle aurait adoré la maison de ta grand-mère, avec des tapisseries d'autrefois, un grenier rempli de vieilles malles pleines de trésors. Chez nos parents, c'était « design », elle détestait. Quand elle revenait de ses séjours linguistiques, elle se jetait sur moi pour m'embrasser en m'appelant Clarinette, même si j'étais avec des amis. Ça me mettait dans une de ces rognes ! Au collège, je détestais arriver accompagnée par un membre de la famille, elle, ça ne la dérangeait pas du tout ; même par notre grand-père, un petit vieux voûté et pas très propre. Elle n'en avait pas honte. J'étais l'aînée… quatre années de plus qu'elle… Et puis, il y a presque dix ans…

Paul est arrivé à ce moment-là et a vu le visage défait de Clara.

— Je parlais d'Amélie.

Il a hoché la tête avec gravité. J'aurais voulu savoir mais je n'ai pas osé demander.

Clara s'est levée, a caressé furtivement mes cheveux, s'est forcée à sourire et a plongé dans la piscine.

— Une autre Mary sanglante pour Mademoiselle ?

— J'ai sans doute un peu trop bu. Je crois que je vais rentrer.

Je me sentais oppressée. J'ai demandé à Paul s'il était arrivé quelque chose à la sœur de Clara, dix ans plus tôt.

Il ne m'entendait plus ; il était déjà tourné vers le bar et préparait un cocktail bien chargé qu'il m'a collé entre les mains en portant un toast à notre rencontre. J'ai hésité puis j'ai laissé le liquide rouge, épais et poisseux, s'écouler en moi et me voler mon avenir.

« Dieu fumeur de havanes » se répandait dans l'air doux du soir d'été. Je dansais collée à Paul qui me soutenait plus qu'il ne me guidait. Gainsbourg parlait plus qu'il ne chantait. Deneuve lui susurrait : « Tu es mon maître après Dieu… »

Clara a cogné à la porte de la chambre : *Paul, il faut se lever, on doit libérer le gîte à midi.* Réveillée en sursaut, affolée, amnésique, j'ai rabattu le drap sur mon corps nu, puis je me suis levée en m'enroulant dans ma robe comme dans une serviette trop courte. On voyait un sein, une fesse, je reculais vers la salle de bains, sous les sarcasmes de Paul. Il m'a rappelé en riant la nuit passée : *pas la peine de te cacher, je t'ai vue sous toutes les coutures.* J'ai regardé l'heure, 11 h 30. Je n'avais pas ouvert la boulangerie, je n'étais pas rentrée de la nuit, j'avais la nausée et la tête à l'envers. J'ai mis mon visage sous le robinet d'eau glacée et j'ai senti un corps déterminé, tendu, puissant se coller derrière moi. J'ai poussé un cri de surprise ; Paul a plaqué une main ferme sur ma bouche et mordu avec fougue la chair tendre de mon cou.

Le patron n'était pas commode ; il en avait viré pour moins que ça. Paul a arrêté sa petite Fiat devant la boulangerie. Le propriétaire est sorti en trombe quand il m'a reconnue. Il hurlait, ameutant clients et commerçants alentour.

— Non, mais pour qui elle se prend ? À midi ! Comme une fleur ! Et déposée en décapotable ! À cause de toi, j'ai plus de farine ! Le livreur est passé à 7 heures comme prévu et t'étais pas là ! Je vais devoir me taper trois cents bornes pour aller chercher les sacs. Et pour la semaine écoulée, ne compte pas être payée ! Trois cents bornes, tu réalises ce que ça va me coûter, avec l'essence et les péages ?

Je regardais droit devant moi, immobile sur le trottoir, la vue troublée par les gouttes accumulées à la proue des cils. Malgré les larmes, je l'ai reconnu tout de suite, Yvan, avec les sept-neuf ans du centre aéré qui sortait de la bibliothèque. Il s'était figé et ses yeux noisette si doux allaient de mon visage à la voiture rouge. La tête baissée, je disais, tout doucement, entre mes dents, *pardon, pardon, pardon*…

— J'en ai rien à foutre moi de tes pardons, a braillé le boulanger. Christelle !!!

Il a passé la tête par la porte entrebâillée du magasin. Christelle, l'arrogante, que j'avais connue au collège avant que l'institution ne l'oriente vers une voie de garage, Christelle qui répondait aux profs, maquillait ses lèvres en rouge cerise, est sortie docilement de la boulangerie.

— Heureusement que j'avais gardé son CV à celle-là ! Et ben, voilà, Louise, elle te remplace. Et toi, la nouvelle, ne t'avise pas de me faire des sales plans pareils.

Je me suis alors souvenue de la présence de Paul. Il assistait à la scène avec détachement, en fumant une cigarette, une main sur le volant.

L'épicière, le buraliste, les clients, Lorine qui sortait à son tour de la bibliothèque avec le groupe des petits, tous me suivaient du regard pendant que je remontais en voiture. J'ai jeté un coup d'œil furtif à Yvan, si pâle, les bras ballants de l'autre côté de la rue. Lorine s'était approchée pour lui murmurer à l'oreille deux mots que j'ai parfaitement entendus : *quelle salope…*

Je n'avais qu'une envie, me blottir dans les bras de Toinette pour pleurer ma honte. Ma douce grand-mère, pas très causante, un peu maladroite, ma consolante, qui me planterait des baisers sur les cils pour effacer mes peines. Paul a garé la voiture devant la vieille maison de village :

— Louise, viens passer l'été avec moi. Ça te tente un petit voyage en Amérique ?

J'allais répondre que je ne savais pas, que ce n'était sans doute pas possible, que je devais trouver un autre travail, mais Toinette, qui guettait elle aussi mon retour, est apparue sur le pas de la porte et s'est mise à marcher résolument vers la Barchetta :

— Où étais-tu ?

La gifle est partie d'un coup, quand je suis descendue de la voiture. C'était la première fois. Je l'ai repoussée à deux mains, avec force, comme l'avait fait maman, adolescente, des années plus tôt. Elle est tombée en arrière. J'ai voulu lui demander pardon et l'aider à se relever mais je n'en ai pas eu le temps. Un instant de flottement qui a rendu tout le reste inévitable. Avant même que je fasse un geste, Toinette était sur ses pieds, elle me faisait face, le regard mauvais.

— Tu es une traînée comme ta mère ! Et tu la veux la vérité, Louise ? Tu sais pourquoi elle n'a rien dit à son Chilien quand elle s'est retrouvée enceinte de toi, c'est parce qu'elle était même pas sûre que ce soit ton père. Tu m'entends ? Elle couchait avec d'autres hommes et parfois même plusieurs à la fois ! Et toi, la commère, ça t'amuse hein tout ça, de voir que ma petite-fille suit le chemin de sa mère.

La voisine, qui avait ouvert sa fenêtre, n'en perdait pas une miette, les yeux écarquillés, comme au cinéma. Toinette a craché dans sa direction. Le jet précis de salive s'est écrasé sur le crépi de la maison mitoyenne, la substance gluante s'étirant mollement vers le bas, comme au ralenti.

La suite est floue, noyée dans les larmes, rythmée par les battements furieux de mon cœur. Les vêtements jetés au hasard, pêle-mêle dans un sac de voyage. Toinette, qui me suit dans la chambre.

— Louise, tu ne peux pas partir avec ce gandin ! Mais, bon Dieu, écoute-moi Louise, je le sens pas, ce mariole avec sa voiture sans toit. Il te l'a fait à l'esbroufe, hein ? Je te préviens, il ne mettra jamais un pied dans ma maison, jamais !

Je ne réponds rien, secouée de sanglots, en attrapant par poignées des culottes sans élastique, quelques soutiens-gorge aux teintes incertaines, parce que ma grand-mère, qui a acheté une « machine lavante » depuis peu, mélange toujours le blanc et la couleur. Ma paire de baskets bleues aux lacets multicolores, des tongs, l'exemplaire écorné de *La Vie devant soi,* cadeau d'Yvan pour mon dernier anniversaire. Et ma photo préférée dans un cadre en bois clair que je tiens encore à la main quand je m'assois dans la Barchetta en criant à Paul : *Roule !*

Je vois dans le rétroviseur, une dernière fois, le visage de Toinette, enlaidi, déformé par la rage qui s'est cristallisée sur cet homme inconnu. *Il ne mettra jamais un pied dans ma maison, jamais !* Elle crache de toutes ses forces vers la voiture. Le jet m'atteint à la tête. Je passe ma main sur mes cheveux, récoltant dans ma paume le liquide collant dont je ne sais que faire et que je conserve, tout le voyage, dans mon poing serré.

Je me suis repassé si souvent les scènes de ces dernières heures, arrêts sur image, séquences en accéléré ; un enchaînement hasardeux d'événements, cette soirée à la bergerie où j'ai perdu pied avec ma réalité ; les yeux noisette d'Yvan et la tristesse infinie de Toinette que j'ai imaginée tapie sous la colère, quand elle a compris que je partais vraiment sur un coup de tête. Elle ne savait pourtant pas encore qu'elle ne me verrait pas pendant tant d'années, que mes appels téléphoniques se feraient de plus en plus rares, que j'enverrais des cartes postales de temps en temps, que je sonnerais, finalement, à sa porte quinze ans plus tard, quand la maison aurait brûlé, tout entière, en une nuit. Combien de fois aussi, j'ai imaginé que je sonnais, que Toinette ouvrait et que j'enfouissais ma tête chercheuse dans son cou pour plonger dans les doux effluves de son eau de Cologne bon marché. Parfois, j'imaginais que je sonnais, sonnais, sonnais encore et qu'elle ne m'ouvrait pas, soit parce qu'elle ne voulait pas me voir, soit parce qu'elle était morte.

Je me souviens mal du trajet jusqu'à l'appartement, où j'allais vivre par intermittence pendant neuf ans. Deux cents kilomètres au sud du village de mon enfance. Paul était bavard et joyeux. Il faisait semblant de ne pas remarquer que je ne répondais rien, que je gardais les yeux baissés, fixés sur la photo. On m'y voit à cinq ans, je tiens la main d'une jeune femme trop maigre qui sourit. Elle a des cheveux longs très raides et pas de sourcils. Elle m'autorisait parfois à essayer sa perruque. J'avais six ans et je ne savais pas qu'elle allait mourir.

IV

À l'enterrement, il n'y avait pas grand monde. Toinette m'avait acheté une robe neuve, taille 7 ans, quelle fierté – *parce que Mademoiselle est menue mais grande pour ses six ans* –, et des sandales de cuir « élégantes », avait dit la vendeuse. Toinette m'avait tressé les cheveux. Je n'aimais pas trop qu'elle me coiffe, elle tirait beaucoup plus fort que maman et laissait des bosses sur le crâne. Mais ce jour-là, elle s'était appliquée. Elle avait fait du plus doucement qu'elle pouvait et je l'avais félicitée du résultat ; c'était tout lisse au sommet de la tête. Elle portait des collants noirs épais et une robe sombre que je ne lui connaissais pas. Je voulais mettre la perruque que je trouvais très chic mais Toinette m'avait dit qu'on allait enterrer maman avec. Elle n'aurait pas voulu partir pour son dernier voyage tête nue. Je comprenais, c'était plus « élégant » comme ça. En marchant vers le cimetière, sa main glissait en permanence à cause de la sueur et mes petits doigts serraient les siens de plus en plus fort. Le soleil cognait et j'avais demandé à ma grand-mère si maman n'avait pas trop chaud dans sa boîte. Elle m'avait répondu que le corps ne sentait plus rien quand on était mort et que l'âme ne craignait pas la chaleur. Autour du trou, il y avait le curé, quelques vieux que Toinette connaissait depuis toujours même si elle leur parlait peu, et des jeunes femmes de la génération de maman qui étaient allées à l'école avec elle quand elles avaient mon âge. Tout le monde avait les yeux rouges et soudain moi aussi je me suis mise à pleurer. Comme si j'avais compris, au moment où le cercueil descendait dans le trou, que plus jamais je ne verrais maman, ou seulement dans très longtemps m'avait promis Toinette, *quand toi aussi tu feras le grand voyage*. Je lui avais préparé une valise à maman avec ses robes préférées, ses chaussures à talons pour sortir, mais aussi des tennis pour être à l'aise, et surtout le livre qu'elle n'avait pas fini. Elle disait, *je termine toujours un roman que j'ai commencé* et celui qui était posé sur la table de nuit était ouvert en deux parts égales comme des ailes déployées. Elle n'en avait lu que la moitié. Ça aurait été dommage qu'elle ne l'emporte pas avec elle. J'avais cherché les médicaments pour les mettre aussi dans la valise mais elle n'en aurait plus besoin, on n'était jamais malade là où elle allait. Toinette en était sûre, elle avait juré, craché. Avant de tirer la fermeture Éclair, j'avais posé le cadre de bois clair renfermant la photo sur laquelle je tiens la main de maman, ma dernière photo avec elle, après ça, elle avait décrété qu'elle ne voulait plus qu'on la prenne, parce que le lit médicalisé en guise de décor...

— Garde-la, ma Loulou, comme ça tu n'oublieras jamais le beau visage de ta maman.

— Ce n'est pas la peine. Maman, elle sera toujours là.

J'avais pointé un index entre mes deux yeux et l'autre sur le côté gauche de ma poitrine. Toinette avait détourné la tête en s'agitant, tirant sur ses bas, frottant sa robe pour chasser des poussières invisibles puis elle avait fini par enfiler ses lunettes de soleil rafistolées avec du sparadrap. Je m'étais ravisée. On ne sait jamais, peut-être qu'un jour moi aussi je perdrai la mémoire comme la vieille Mado, notre voisine qui ne reconnaissait plus son propre fils. J'avais finalement sorti le cadre de la valise et je l'avais serré contre ma poitrine.

Après le cimetière, Toinette avait invité quelques connaissances. Les gens s'étaient agglutinés dans le jardinet à l'ombre du mûrier et s'étaient remis à parler de tout et de rien, de la rougeole du petit, des pannes de voiture, du boulot et des vacances qui arrivaient enfin. En entendant prononcer mon nom, je m'étais approchée furtivement des deux jeunes femmes qui étaient allées à l'école avec maman.

— Tu te rends compte, cette gosse ? Non seulement sa mère ne savait même pas qui était son père mais elle en fait une orpheline maintenant ! Bâtarde et orpheline, il y en a qui commencent mal dans la vie. Et la vieille Toinette, ça lui va bien aujourd'hui de pleurer sa fille, elle qui l'a foutue dehors quand elle a appris qu'elle était enceinte. Mona, elle avait presque rien à bouffer pendant sa grossesse, si tu avais vu la petite Louise à la naissance, un rat crevé.

— Et au lycée, tu te souviens ? Elle devait aider au potager, vendre au marché pour se faire des sous. Elle a pas eu de jeunesse. La vieille, crois-moi, elle avait la main leste. Puis, quand Mona s'est pointée avec Louise, elle s'est racheté une conduite.

— Ça veut dire quoi bâtarde ?

J'avais demandé ça le soir même à Toinette qui s'était mise à pleurer en disant : *ma pauvre petite !*

Sur le moment, je n'avais pas insisté pour ne pas lui faire plus de peine. C'est Lorine qui m'a appris, en quatrième, ce qui se disait au sujet de ma naissance. On racontait que ma mère était partie étudier en ville, qu'elle couchait avec des hommes quand ça la démangeait « là » – Lorine avait imité le geste obscène que faisait son père. Avec n'importe qui, des garçons de la fac et même des hommes mariés. *Tais-toi,* disait la mère de Lorine, *c'est des ragots tout ça. En attendant,* rétorquait le père, *elle est revenue le tiroir plein ! Et le géniteur de Louise, tu le connais, toi, peut-être ?*

— En temps normal, ma vieille ne rate pas une occasion de médire sur la tienne, avait précisé Lorine, ou sur toutes les autres femmes que mon père pourrait trouver plus attirantes qu'elle. Mais quand il s'agit de le contredire, elle trouve toujours une parade pour lui clouer le bec à ce con : *je sais moi pourquoi tu racontes toutes ces saloperies, parce que Mona, elle a jamais voulu coucher avec toi,* elle lui a balancé. Mon vieux, il a tiré une de ces gueules, t'aurais dû voir ça, Louise !

Je n'avais pas pu en entendre davantage. J'avais quitté le collège sans autorisation et j'étais allée me jeter dans les bras de Toinette. Elle m'avait caressé la tête sans rien dire. Bien plus tard, elle m'a parlé de ma mère. C'était le soir de mes dix-huit ans, dans l'euphorie peut-être mensongère de l'alcool, après quelques coupes de champagne, un soir neigeux de février :

— Ta mère, elle a follement aimé un homme. Il était venu donner des cours à l'université pour l'année scolaire, il était étranger, chilien. C'est vrai qu'il était marié, il avait une femme et un enfant dans son pays, c'est pour ça qu'elle lui a pas dit qu'elle était enceinte. C'est pour ça que pour moi, c'était une honte. J'aurais pu la tuer pour que personne sache. Je l'ai même frappée au ventre et à coups de pied aussi. J'ai été tellement rassurée quand j'ai vu ton petit minois, ce minuscule visage mais si bien dessiné. J'ai eu des cauchemars après avoir chassé ta mère, crois-moi. Je me disais que ces gros godillots que tu vois, là, dans l'entrée, ils avaient sûrement fait des dégâts sur le bébé. Quand Mona a gratté à la porte, en plein hiver, il y a dix-huit ans, j'ai ouvert. Deux chats écorchés, on aurait dit. J'ai demandé immédiatement si je pouvais... Et ta mère a dit oui. Alors j'ai passé les doigts sur ton nez, tes joues, tout ton corps et rien n'avait l'air cassé. J'ai sorti la myrte pour fêter ça, ta mère voulait pas à cause du lait mais j'ai dit, allez ça peut pas faire de mal, va. Après ta naissance, on disait du mal d'elle parce qu'elle était belle, qu'elle mettait des jupes courtes et qu'elle sortait parfois avec des gars qui n'étaient pas d'ici. Elle était courageuse pourtant, elle continuait ses études par correspondance en faisant la femme de salle à l'hôpital. Moi, ça me plaisait pas quand elle sortait le soir, qu'elle rentrait pas et puis qu'au bout du compte, elle restait toujours sans mari. N'écoute pas les gens qui te diront que c'était une mauvaise mère, Louise, même si elle disparaissait parfois plusieurs jours comme un chat des rues. Mais les soirs où elle était à la maison, on était bien, toutes les trois. Je faisais des gâteaux, elle jouait aux Playmobil avec toi, à même le sol, elle riait. Elle t'embrassait partout, elle te câlinait comme une poupée, moi j'avais pas eu l'habitude de tant de caresses, j'ai pas le souvenir que ma mère m'ait serrée une fois contre elle et j'ai pas su, non plus, avec Mona. Pour elle, ça avait l'air naturel, elle t'autorisait même à dormir dans son lit quand tu lui demandais. Elle était gaie, elle était tellement vivante.

Toinette avait poursuivi, sans que je lui demande :

— Le soir de l'enterrement, ma Loulou, j'étais couchée, les yeux ouverts dans le noir et j'ai entendu tes petits pieds nus sur les tomettes. Tu m'as demandé si tu pouvais venir dans mon lit, j'ai pas eu le cœur de te dire non.

Elle s'était alors mise à pleurer, mais elle m'avait rassurée, *t'inquiète pas, ça fait du bien.* C'était si rare qu'elle s'abandonne. J'avais dix-huit ans, une histoire romanesque, un père chilien que j'espérais retrouver un jour. Il serait émerveillé que ma mère qu'il avait tant aimée lui ait offert une fille secrète ; voilà ce que j'ai imaginé, jusqu'à ce que Toinette salisse ma naissance, le jour où j'ai suivi Paul, le jour de mon ravissement.

Après la mort de maman, elle était souvent gênée quand je réclamais des câlins, ou que je l'étreignais en posant ma tête sur sa poitrine desséchée. Elle bougonnait : *ta mère, elle t'a donné de drôles de manies...* Je montais sur ses genoux, je l'embrassais, je m'accrochais à son cou ; *mais tu m'étouffes, ma Louise* ; elle me repoussait doucement. Avec le temps, elle s'est habituée et c'est même elle qui, parfois, réclamait un baiser avant le départ pour l'école.

— Les gens disent que j'ai été dure avec ta mère, Louise, moi, je voulais juste lui donner le goût de l'effort. Mais maintenant, il paraît qu'il faut pas frapper les enfants. Et puis, ton grand-père est mort quand elle avait quinze ans, je la tenais plus, elle me parlait mal, elle faisait n'importe quoi. Un jour, je l'ai même surprise en train de se faire un trou dans le nez avec une aiguille de couture pour y mettre un anneau ! Je l'ai giflée, je l'ai traitée de vache, j'aurais pas dû sans doute. Du coup, elle m'a poussée contre la porte, tellement fort que j'ai perdu l'équilibre. J'étais par terre, elle m'a enjambée et elle a disparu pendant trois jours. La Mado, qui à l'époque avait encore toute sa tête et une vraie langue de vipère, m'a raconté qu'on avait vu Mona traîner avec des gars plus âgés qui buvaient des bières au bord de la rivière. On disait qu'ils prenaient de la drogue. Ta mère me répétait, *j'ai qu'une envie, c'est de me casser d'ici !* Après le bac, elle a eu une bourse et une chambre à la cité universitaire. On ne se voyait presque plus. Je lui donnais un peu d'argent quand même. Le jour où elle est venue me dire qu'elle était enceinte, je l'ai mise dehors en la traitant de putain, tous les voisins ont entendu, même les coups… Je voyais bien leurs regards après. Quelques mois plus tard, elle a sonné avec un minuscule bébé dans les bras : *elle s'appelle Louise.* Un chat écorché, je te dis. J'ai demandé : *je peux… ?*

— Oui, Toinette, tu l'as déjà raconté tout à l'heure. Allez, je te ressers du champagne !

L'alcool m'avait mis un arc-en-ciel dans l'âme. Avec une joie insolente, je me suis levée et j'ai crié en brandissant ma coupe comme un étendard :

— À moi ! À mes dix-huit ans !

Et elle d'applaudir à tout rompre.

V

Elle m'éloigne d'elle, à bout de bras, pour me regarder ; pour être certaine que c'est bien moi. Elle passe encore et encore ses doigts tordus sur mon visage, le long de mon nez, sur le contour de mes lèvres, comme une aveugle. Elle me renifle dans les cheveux. Elle cherche de ses yeux, de ses mains et de ses narines mobiles à reconnaître, derrière la femme que je suis devenue, la jeune fille qu'elle a perdue.

Tout à coup, il est impératif qu'elle me fasse manger, *tu es trop maigre, vraiment ma Louise.* Il est trois heures de l'après-midi, mais c'est une urgence absolue, et puis ça lui donne une contenance. Elle s'essuie les yeux avec le tablier de cuisine qu'elle vient d'enfiler, s'active du frigo au plan de travail et du plan de travail au placard. Elle fouette la pâte à crêpes en riant, *ça fait si longtemps, j'espère que j'ai pas oublié les proportions.* Elle goûte, elle ajuste, elle acquiesce finalement :

— C'est bon, tu vas te régaler. Tu les aimes toujours à la crème de marrons ?

Je lui dis que je n'en ai pas mangé depuis quinze ans. Elle est stupéfaite :

— Quinze ans sans crêpes ? Je te fais vite une petite chantilly alors ? Et puis à la confiture des fruits du verger ? Aux abricots, aux mûres ? Au chocolat fondu ?

Je croyais ne pas avoir faim mais je me découvre alors un appétit barbare. J'engloutis les crêpes fourrées de toutes les couleurs, rattrapant le liquide qui coule le long du menton, à grands coups de langue. Toinette me regarde en penchant un peu la tête de côté avec un sourire satisfait.

— Il faut que je te raconte, mon…

— Plus tard, plus tard, petite !

— Toinette, il s'est passé quelque chose de grave. Mon mari, l'homme à la petite voiture rouge, il…

Elle sort de la cuisine précipitamment, brusquement pressée, comme si elle n'avait rien entendu. Quand elle revient, elle me tend, d'une main, le maillot à carreaux rose et blanc que je mettais le dernier été. De l'autre main, elle porte un panier avec une grande serviette-éponge et une bouteille d'eau fraîche. Elle n'est plus allée à la rivière depuis longtemps, mais moi, avec cette chaleur, ça me fera du bien. J'ai garé l'Audi tout confort juste devant la maison. Toinette siffle entre ses dents : *eh ben ma nine, ça c'est de la belle auto !* Elle s'installe après avoir tâté les sièges de cuir crème.

On laissera la voiture à l'orée du bois, près du champ du père Roux qu'il faut longer pour trouver « notre » coin de rivière. Quand j'avais dix-huit ans, j'y avais emmené Toinette plusieurs fois. Un dimanche, elle s'était même trempée jusqu'à la taille. Je lui avais crié de me rejoindre depuis l'autre rive mais elle n'avait jamais appris à nager. Je trouvais ça dommage, elle avait haussé les épaules :

— Tu sais, avant les filles… les garçons oui, ils venaient se baigner, ils savaient eux, mais nous, on nous aurait pas laissées batifoler, à moitié nues, dans l'eau avec eux. Un jour, avec la fille de l'épicier, on s'était cachées derrière un arbre pour les épier. Moi, j'avais déjà le béguin pour ton grand-père, il se jetait à l'eau depuis le gros rocher là-bas en poussant le cri de Tarzan. Au retour, mon paternel, qui m'avait cherchée partout, m'avait collé une gifle qui aurait dû me couper l'envie de recommencer mais j'étais amoureuse alors, quand il était trop occupé pour me surveiller, j'y retournais. C'est comme ça qu'un jour, Jacques m'a vue, je suis devenue toute rouge et il a compris ; dès qu'on se croisait au village, il me faisait un petit clin d'œil. Puis il y a eu le service militaire. Quand il est revenu, on a dansé ensemble au bal de la Saint-Jean, sous l'œil fixe de mon père qui n'en perdait pas une miette, derrière son anisette. Un mois plus tard, Jacques venait demander ma main. Il faisait déjà l'ébéniste à l'époque, tu sais. Il avait tout appris avec le vieux Marius qui n'avait pas de fils et qui lui avait dit qu'il allait lui vendre la boutique avec le matériel entier pour pas cher. Alors, il pourrait se lancer à son compte. Ça va marcher, j'ai des doigts d'or, qu'il répétait. Tu as ses mains, Louise, tellement longues, tends un peu les doigts pour voir. Pour ça, il était pas trop modeste, ton grand-père, mais il fallait se vendre devant la belle-famille. Mon père, il aurait pas laissé sa seule fille épouser n'importe qui. J'ai presque l'impression que c'est les belles mains de Jacques, un peu rugueuses, de travailleur, hein, pas de pianiste, qui ont convaincu les hommes de ma famille. Je revois la scène, moi en retrait derrière mon frère et mon père plantés face à Jacques. Le vieux opinait du chef, à peine. C'est ce petit mouvement de tête qui m'a fait comprendre qu'il allait dire oui, ça cognait fort là-dedans !

Toinette avait posé sa main sur mon cœur de jeune fille. J'étais allongée sur l'herbe, la tête sur ses genoux, et elle me caressait doucement les cheveux.

Elle s'est confiée à moi, le jour de mes dix-huit ans d'abord, puis quelques mois plus tard, le dernier été au bord de la rivière, peu avant que Paul ne s'invite dans ma vie. Elle avait toujours été réticente à ressasser le passé : *ça fait plus de mal que de bien, ma Louise. Il ne faut pas remuer la terre des cimetières.* Je protestais : *mais moi je veux que tu me parles d'eux quand ils étaient vivants, de maman, de mon grand-père, de ton enfance. Tu dois bien avoir quelques bons souvenirs avec maman quand même, à part quand elle était adolescente et que vous ne vous compreniez plus ? Et ta mère, Toinette, tu ne m'as jamais rien dit sur elle ?* Elle secouait la tête, vivement, en chassant d'un mouvement brusque de la main un insecte imaginaire.

Elle distillait quelques informations avant de passer à autre chose, de s'activer dans son potager, de partir faire les courses, ou de malmener les casseroles dans un bruit de ferraille qui coupait court au bavardage.

— Eh ben, roule ! Tu rêves, ma Louise !

Je souris à Toinette, toute droite sur le siège de cuir de l'Audi.

— Non, je me souviens de la dernière fois où on est allées à la rivière toutes les deux. Tu m'avais raconté comment tu étais tombée amoureuse de mon grand-père et tu t'étais trempée jusqu'à la taille.

— Je risque pas de recommencer, le docteur, il m'a dit que le froid ça ne vaut rien pour les rhumatismes. Regarde mes mains, ça se recroqueville. Quand je me réveille, il faut que je déplie chaque doigt de la main droite avec ceux de la main gauche, l'un après l'autre. Ça fait un mal de chien. Allez roule.

Avant on y allait à pied depuis la maison, Toinette marchait d'un bon pas. À présent, je dois l'aider à sortir de la voiture. Elle boite discrètement en faisant une légère grimace. Je ralentis l'allure, puis comme si elle se dérouillait, sa démarche devient plus fluide. Elle s'arrête un peu pour s'éponger le front, il est 18 heures mais quelle chaleur encore ! Elle se remet en marche, j'aligne mes pas sur les siens et pendant les dix minutes qui nous séparent de la rivière, nous progressons au même rythme, en silence, les cigales incessantes en fond sonore.

Soudain, l'eau moirée apparaît, haute de la dernière pluie orageuse d'août, toujours puissante et belle. Je mesure la force de son courant au choc des vaguelettes sur les rochers qui affleurent. Je déglutis péniblement, je ne vais pas pleurer, je ne vais pas pleurer… Toinette est derrière moi, je l'entends respirer fort, essoufflée encore par la marche. D'un geste brusque, j'enlève ma robe par la tête sans même la déboutonner, je fais voler mes sandales, à coups de pied impatients, et je me jette à l'eau. Je ferme mes yeux mouillés et dilue les larmes salées dans l'étendue fraîche et liquide. Je nage en expirant doucement par le nez, pour rejoindre l'autre rive, à une vingtaine de brasses environ. L'ardeur du courant me surprend, je dois redoubler d'efforts pour ne pas être entraînée au fil de l'eau. Mon cœur s'agite, mes mouvements deviennent plus courts et plus rapides, je vide d'un trait l'air restant dans mes poumons pour me propulser vers un rocher que j'agrippe à pleines mains. Ça y est, je suis de l'autre côté, je monte sur la grosse pierre, je fais un geste victorieux à Toinette qui m'applaudit en riant. Encouragée, je pousse le cri de Tarzan en me frappant la poitrine avec les poings et m'allonge sur le dos, face au soleil d'août gorgé d'enfance, le temps de reprendre mon souffle avant d'entamer la traversée retour. Ma grand-mère a enlevé ses sandales craquelées, elle n'a pas résisté à l'envie de tremper ses pieds dans la rivière. Je la rejoins et je vois ses jambes blanches striées de veines apparentes comme des vers dodus se frayant un chemin sous la peau. Demain, c'est les orteils qu'elle aura du mal à déplier, mais tant pis, ça soulage les impatiences, l'eau froide.

Quand je sors de l'eau, elle fixe mes cicatrices, d'épaisses traînées violettes toujours un peu boursouflées sur le bras gauche et la longue, plus fine, qui trace une ligne verticale de mon cœur à mon abdomen. Elle ne me pose aucune question, m'enroule dans la serviette-éponge et me frotte énergiquement le dos.

Lorsque j'étais petite, elle ne voulait pas que je me baigne ici, parce que la rivière est trop large, trop tumultueuse, alors qu'en aval on trouve des vasques où on ne risque pas d'être emporté. Ça fait des petites baignoires naturelles, la roche polie est si blanche qu'elle donne à l'eau des teintes turquoise étonnantes.

— Pourquoi tu n'es pas venue me voir pendant quinze ans, ma Louise ?

La vieille voix cabossée de Toinette, à la fois rude et si familière, me dévaste.

Que dire ? Je me souviens de la violence de son dernier crachat, de son visage, enlaidi, déformé par la rage et de ses derniers mots : *il ne mettra jamais un pied dans ma maison, jamais !*

Les rares fois où je téléphonais, j'osais de moins en moins promettre que j'allais passer bientôt. Ces coups de fil me bouleversaient à tel point que j'ai vite préféré lui envoyer des cartes postales. Paul me disait : *tu veux vraiment revoir ta grand-mère ? Et bien, retournons-y dans ton bled !* Je n'osais pas lui répondre que le jour où j'y retournerais, je serais seule. Elle ne me demandait rien pourtant, ne me faisait aucun reproche, les silences étaient de plus en plus longs, c'est tout. Elle devait se dire qu'elle avait raté quelque chose avec moi aussi, comme avec sa fille, que les femmes dans la famille ne se comprendraient jamais. Toinette n'avait pas d'amies, elle n'aimait pas les cancans et s'agaçait contre les villageoises qui parlaient pour ne rien dire. Elle leur répondait par monosyllabes, quelques signes de tête à peine. *Qu'est-ce que tu trouves à leur dire, à ces vieilles biques, Louise ?* Elle avait été un peu jalouse, peut-être, de voir que même cette garce de Mado, comme elle l'appelait, me faisait des sourires et des gâteaux avant qu'elle ne perde la boule. Un jour, j'avais cinq ans et demi, c'était quelques mois avant la mort de maman, elle m'avait volé une Barbie. On l'avait retrouvée, avec un sourire hébété, en train de bercer la poupée, en l'appelant du prénom de son fils qu'il avait d'ailleurs fallu prévenir. En arrivant, il nous avait jeté un regard suspicieux comme si nous avions jeté un sort à sa mère.

Allô, allô ? J'étais toujours obligée de m'assurer que la communication n'avait pas été coupée. J'essayais de combler les blancs, par petites touches d'anecdotes. Je lui disais que je faisais des allers-retours en Amérique, *tu comprends je suis très occupée*… plus tard, *je vais tenir une galerie*… Elle ne posait aucune question, même si elle ignorait sûrement en quoi ça consistait. Je relatais quelques faits anodins dans de longues tirades que Toinette n'interrompait jamais. Pas une fois, je n'ai nommé Paul. Comme s'il n'existait pas, alors que toute ma vie tournait autour de lui, insecte autour de l'ampoule nue.

VI

Les premiers mois après mon ravissement, j'ai été emportée dans le tourbillon de son succès tout neuf. Quand il a garé la Barchetta devant son immeuble, j'ai vu le fleuve vigoureux aux eaux vertes, sur lequel donnait la vaste terrasse de son appartement situé au dernier étage. J'ai eu envie de me baigner tout de suite pour apaiser la brûlure de cette journée d'adieu. J'ai regretté de ne pas avoir pris mon maillot à carreaux rose et blanc mais Paul s'est moqué de moi : *il est pollué ce fleuve, Louise, mais si tu veux, je t'emmène à la mer demain, on en a pour une petite heure et demie de route. Ça te changera de ta rivière.* Il avait dit ça avec un léger mépris ; j'ai eu honte de lui avoir divulgué le lieu secret de « notre » coin. Par cette trahison, j'avais déjà relégué Yvan dans la case des amours perdues.

Mon corps en tension dans le courant de la rivière, sous les caresses tâtonnantes d'Yvan, dans nos courses folles à travers les vignes. Mon corps tourbillon, vivant et vibrant, démultiplié par le mouvement. J'avais vécu jusqu'ici sans conscience de mes contours, livrée à mes seules sensations de l'instant.

Cet été-là, je suis devenue son modèle. J'ai posé pour Paul, avec enthousiasme dans la douleur ; j'ai souffert sans rien dire de cette immobilité neuve, à la fois gênée et exaltée de savoir ma nudité prendre forme, un peu plus, à chaque trait de pinceau sur la toile. Paul ne me montrait jamais le travail en cours. Quand c'était achevé, il ne disait rien. D'un coup, il faisait pivoter le chevalet vers moi. La première fois que je me suis vue, je me suis trouvée belle comme jamais auparavant dans un miroir. Paul m'avait donné une forme, il m'avait inventée. Ève, émergeant de la boue divine. Nous n'étions pas sortis une fois de l'atelier durant toutes les séances de pose, mais en arrière-plan je reconnaissais mon coin de rivière, mon saule préféré, plus éploré que jamais, ses branches-lianes gigantesques s'écoulant jusqu'au tapis de verdure où j'étais assise. Ma posture rappelait le *Déjeuner sur l'herbe* mais il n'y avait ni homme, ni femme, ni panier ; juste une robe chiffonnée à mes pieds, celle que je portais le premier soir, et des sandalettes en lamé.

Tout avec Paul était imprévisible. On partait à New York pour ses expositions, on sillonnait la route 66 pied au plancher, il m'apprenait à conduire, il me peignait. J'avais honte, surtout au début, de voir ma nudité offerte aux regards mais j'étais fière d'être présentée comme son modèle. On commandait des bouteilles de champagne dans des chambres d'hôtel, on cassait la jambe des flûtes par jeu. Il me tenait les cheveux en arrière pendant que je vomissais, les doigts agrippés à la cuvette. On dormait le jour, on se baignait la nuit dans des mers dangereuses, des océans avec des vagues brutales et des requins. Par moments, je ne savais plus ni qui j'étais, ni où j'étais. Je ne percevais plus les limites de mon corps, réveillée par une étreinte impérieuse, fendue en deux, écrasée sous lui, manquant d'air soudain. Je me levais et je marchais dans le noir, à l'aveugle, les mains plaquées au mur ; sous la lumière crue d'une salle de bains inconnue, je découvrais un visage que je ne reconnaissais pas, mon visage marqué de cernes bleus, les joues plus creusées, l'air hagard. Le jet d'urine brûlante sur les parois d'émail faisait un bruit sinistre dans la nuit inconnue. Il fallait que j'aille me planter devant les toiles peintes pour me reconnaître, affermir mes contours, me dire que je n'étais plus une jeune fille quelconque et inachevée, que la peinture m'avait drapée de l'étoffe d'une muse. Coups de pinceau, coup de baguette magique.

À la fin du premier été, j'avais renoncé à mon projet d'études, je ne rentrerais pas dans l'immédiat. La liaison avec la France était mauvaise, j'ai mal entendu la remarque de Toinette mais sa colère s'est brutalement manifestée. Elle m'a raccroché au nez. Paul m'a fait livrer, ce jour-là, un bouquet de roses si volumineux que je n'arrivais pas à l'encercler de mes bras grands ouverts.

Il avait besoin de moi. Il me réveillait la nuit pour me le dire. *Louise, je n'ai jamais eu une telle intimité avec personne.* Il me réveillait quand les insomnies chassaient le sommeil jusqu'au petit matin. Il avait peur ; peur que le succès ne l'abandonne, peur que je ne l'abandonne, peur de ne pas être compris, peur que ses obsessions ne lui sautent à la gueule comme une grenade dégoupillée. Il n'en disait pas davantage. Je voulais connaître son passé, tapi dans l'ombre de nos nuits blanches. J'insistais.

— Je n'ai pas eu d'enfance, Louise.

Un an et demi après mon départ, j'ai appelé Toinette ; j'avais la gueule de bois, j'avais vingt ans depuis la veille, je chuchotais pendant que Paul dormait dans son immense chambre de l'appartement sur le fleuve. Je venais d'avoir mon permis et il fallait que je voie ma grand-mère. Elle a mis du temps à répondre, j'ai laissé sonner jusqu'à ce qu'elle décroche hors d'haleine. Je me disais que j'allais prendre la Barchetta sans demander l'autorisation à Paul, que je roulerais jusqu'au village, que je refermerais cette parenthèse vertigineuse en refermant mes bras autour du buste frêle de Toinette.

— C'est Louise.

Un temps.

— Bonjour, petite. Justement, Lorine était en train de parler de toi. J'arrosais les fleurs et je l'ai vue sur le trottoir. Elle m'a demandé de tes nouvelles.

Comment arrivait-elle à adopter un ton si détaché alors qu'elle avait aussi mal que moi sans doute ? Alors qu'elle non plus ne devait pas comprendre ce qui nous était arrivé ?

— Et elle, comment ça va ?

J'en ai rien à foutre de Lorine, avais-je envie de hurler, mais je n'ai pas pu. Ma voix comme la sienne était sans émotion, anormalement neutre.

— Oh, un peu fatiguée parce qu'elle doit prendre le bus tous les matins à 6 h 30 pour aller étudier. Elle m'a dit de te passer le bonjour si je te voyais ou si je te parlais au téléphone. Yvan aussi, d'ailleurs.

— Ils étaient ensemble ?

— Oui, ils se tenaient par la main.

La dernière image d'eux a brusquement émergé des angles morts de ma mémoire, Yvan avec ses grands yeux tristes devant la boulangerie, et Lorine tout près de lui, disant *quelle salope* entre ses dents, assez fort néanmoins pour que je l'entende.

Le courage m'a quittée d'un seul coup, j'ai posé les clés de voiture sur la table basse du salon, j'avais du mal à déglutir, une éclosion d'orties au fond de la gorge. Toinette ne disait rien ; c'est moi qui ai parlé finalement, très vite, pressée, prétendant que je partais à nouveau, en voyage, loin, très loin. C'était confus, haletant, je le sentais bien, les mots se bousculaient dans la syntaxe hachée du désespoir.

C'était un dimanche.

— Attends, Louise, bon anniversaire ! J'ai pensé à appeler hier mais j'ai perdu ton numéro.

— Je viendrai te voir bientôt, Toinette, dès mon retour, bientôt, promis.

Heureusement elle n'a rien exigé. Je n'aurais pas juré, craché.

Le fleuve était une étoffe grise et inerte ce dimanche-là, de la couleur hivernale du ciel de février. La veille, Paul était entré dans une colère inattendue. Je n'avais vu de lui jusqu'alors que des gestes d'humeur rares et injustifiés, j'avais essuyé quelques remarques cinglantes qu'il me demandait d'excuser sans en assumer tout à fait la responsabilité. *Pardonne-moi, Louise, mais c'est de ta faute si tu m'agaces : qu'est-ce que tu es empotée… Qu'est-ce que tu es mal fagotée… Tu es complètement inculte, ma pauvre fille…* Et puis, certaines nuits, il me réveillait pour me rappeler, encore et encore, à quel point je l'apaisais, à quel point je l'inspirais : *tu as donné un visage à ma peinture.* Les critiques s'étaient emparés de sa formule. Les tableaux de Paul s'étaient éclairés d'une luminosité nouvelle, aux antipodes de ses premiers autoportraits effrayants, lointainement inspirés de Bacon. *Qui est cette mystérieuse Louise, surgie dans l'œuvre du peintre, pour lui insuffler cette incandescence ?* « Louise à la rivière », « Louise dans la chambre bleue », « Louise à la tête penchée »…

Je me sentais investie d'une mission. Je devais le sauver des goules qui aspiraient ses nuits, des reflux nauséabonds de son enfance fracassée dont je ne savais rien, qui avait donné, selon certains, sa force brutale à ses toiles de jeunesse, mais qui, pour d'autres, les avait souillées de teintes criardes et boueuses.

La veille de mon dernier coup de fil à Toinette, j'avais conduit presque tout le trajet depuis Paris où nous avions déposé des toiles dans une galerie. Paul avait commencé mon éducation artistique dans les musées parisiens et avait investi dans une dizaine de livres d'art, « les fondamentaux » comme il les appelait. On avait ensuite fait les boutiques pour qu'il me dispense des conseils avisés sur les vêtements qui me seyaient le mieux.

— Monsieur a raison, soutenaient les vendeuses, le pantalon taupe est d'un chic ! Suivez ses conseils. Prenez plutôt le manteau rouge, mademoiselle.

J'ai appris également, cette semaine-là, dans un restaurant étoilé, à décortiquer les gambas avec mes couverts.

En me garant dans le parking près du fleuve, je lui ai assuré que maintenant, je pouvais prendre la voiture pour aller seule chez ma grand-mère. Il n'a rien répondu. Une fois dans l'appartement, sa colère, en embuscade, a surgi. Il faisait froid à cause du vasistas de la salle de bains resté ouvert pendant notre semaine d'absence. Il a jeté sa valise au milieu du salon, l'a ouverte à la recherche d'un pull et a commencé à éparpiller tous les vêtements. Ils volaient au hasard, sur le canapé, sur la table, sur le plancher.

— À quoi tu penses ? En plein hiver, ne pas fermer le vasistas ! Et le chauffage ? C'est toi qui le payes peut-être ? Quand je pense au pognon que je viens de claquer pour que MADEMOISELLE n'ait plus l'air de la souillon de service ! Même pas foutue de fermer une fenêtre.

Soudain, le souvenir de notre départ m'est revenu. J'ai dit très calmement :

— Tu te trompes, Paul. C'est toi qui as pris ta douche en dernier avant qu'on parte à Paris. Et d'ailleurs comme j'étais prête, tu m'as envoyée changer la pile de ta montre. Tu as descendu les valises tout seul et on s'est retrouvés devant la voiture pour partir.

Il m'a hurlé de me taire, je n'ai pas eu le temps de parer le premier coup. C'était une gifle si forte que j'en ai gardé l'œil rouge pendant des jours. Après, je me suis protégé le visage. Il cognait mon dos, l'arrière de ma tête. Quand je suis tombée à genoux, il m'a frappée une dernière fois de sa bottine en cuir.

Je suis restée par terre, le visage dans les mains, morve et larmes mêlées, jusqu'à ce qu'il me relève très doucement. Il m'a emmenée dans la chambre et m'a caressée, longtemps, partout, avec ses mains puis sa bouche, insistant sur les zones endolories. *Pardon, pardon, pardon. Plus jamais ça, promis.* Les mauvaises nuits à Paris dans cet hôtel réputé mais si mal insonorisé ; la transaction insatisfaisante avec le galeriste, l'effervescence épuisante de la grande ville ; et surtout sa colère tenace, difficilement contenue, depuis l'enfance, qui sans prévenir venait de jaillir comme un geyser gigantesque. *Pardon, Louise.*

Il a déposé ce jour-là ma valise dans une autre chambre. C'était mieux d'avoir son espace, pour pouvoir respirer un peu... On avait été trop l'un sur l'autre depuis notre rencontre, pendant plus d'un an et demi, *tu comprends, Louise, ça peut rendre irritable. Je t'inviterai dans mon lit, ça évitera la routine. D'ailleurs, pour la lecture, c'est mieux aussi. Tu pourras lire tard désormais. Cette semaine, d'ailleurs, tu vas commencer par les peintres de la Renaissance. Tiens, prends ce catalogue que j'ai acheté au Louvre.*

Il est allé chercher dans la bibliothèque du salon un roman d'Albert Cohen, *Belle du Seigneur.*

— Nous en discuterons dimanche en huit quand tu l'auras fini.

— Mais il fait 900 pages ! Je ne sais pas si j'aurai le temps...

— Tu le trouveras, ma Louise, tu le trouveras. En attendant, va te préparer, on est invités chez Clara et François.

Récupérer ma vieille valise, celle que j'avais remplie, à la hâte, de mes insignifiants effets un an et demi plus tôt. J'ai sorti *La Vie devant soi* de la bibliothèque. J'ai relu la dédicace lapidaire : « À Louise. Yvan. » J'ai dû m'y reprendre à deux fois pour avaler ma salive. Aller à la gare, prendre l'omnibus jusqu'au terminus et poursuivre le voyage par le dernier car. Rentrer seule chez Toinette. J'y ai cru résolument quelques instants, mais des pensées parasites ont immédiatement déployé leurs tentacules pour étouffer mes vœux de départ. À la violence des premiers coups, en surimpression, les souvenirs tièdes des caresses. Aux cris ont fait écho les mots chuchotés, doux comme un effleurement de soie. Je ne suis pas partie, dissuadée en fin de compte par le souvenir du regard haineux de ma grand-mère, la sensation encore vive du liquide visqueux dans le creux de ma main. Dernier affront qui cogne la mémoire.

Mon manteau était déjà boutonné quand Paul m'a appelée pour partir. La vieille valise, finalement, est restée dans le cagibi. Mes velléités de fuite… dissipées dans l'incertitude.

On a traversé le vaste jardin aux arbres dénudés, silhouettes faméliques, sinistres. Il faisait froid ; une petite pluie glacée s'était mise à tomber. J'avais mal à l'œil droit et aucune envie d'une soirée entre amis. Paul, lui, était d'humeur joyeuse, il m'embrassait dans le cou et chantait « Singing in the rain » en esquissant quelques pas de claquettes sous son parapluie. On a sonné, la porte s'est ouverte sur un grand cri collectif : *joyeux anniversaire, Louise !* C'était une fête surprise. J'étais triste à mourir. J'avais vingt ans.

VII

La fête se déployait sur la piste de danse improvisée dans le grand salon. Paul dansait le ska, me faisait des clins d'œil, m'appelait sa petite femme, tournant autour de moi, en mouvements concentriques, de plus en plus rapprochés, de plus en plus serrés… J'avais du mal à faire semblant avec mon œil douloureux malgré les coupes de champagne toujours pleines qui se succédaient entre mes doigts. *Joyeux anniversaire, Louise !* Ils m'enviaient d'avoir vingt ans, ces trentenaires et quadragénaires sans soucis. *La vie devant toi, Louise*… Moi, je pensais à Toinette que je n'avais pas vue depuis un an et demi mais qui n'avait jamais exprimé l'envie de me revoir, entêtée comme une vieille mule, rancunière évidemment. Trop pudique surtout, pour laisser filtrer la moindre faiblesse au téléphone. Clara et François dansaient un rock fluide et technique sous le regard admiratif de leurs amis que je ne considérerais jamais tout à fait comme les miens.

Je suis allée me servir un verre d'eau dans la cuisine et je suis restée un moment devant un pêle-mêle de photos représentant une famille heureuse. Des fillettes sans dents souriant en tenue de ski, des fillettes aux tresses relevées comme Laura Ingalls dans *La Petite Maison dans la prairie*, des fillettes bronzées avec leurs parents, en maillots colorés sur un voilier. Les mêmes fillettes devenues des jeunes filles qui envoyaient des baisers au photographe. Clara et Amélie.

— Elle me manque, tu ne peux pas savoir.

Clara se tenait derrière moi, avec ses souvenirs fractionnés qu'elle me livrait parfois, par touches, tard dans la nuit, quand l'alcool faisait déborder le passé.

On avait retrouvé le corps des années après. cinq ans, sept mois et trois jours après le signalement pour disparition inquiétante. Il avait fallu attendre les conclusions du médecin légiste pour être certain de son identité. Les journaux locaux en avaient fait leurs gros titres pendant des semaines. Ils l'avaient surnommée « l'Inconnue de la Marmite du Diable ».

— Jusqu'à ce qu'on l'identifie formellement, je ne supportais pas qu'on me dise de faire mon deuil. Je hurlais contre mes parents, contre François, je quittais la table en plein milieu des repas. Au départ, je n'ai pas envisagé qu'Amélie puisse être « l'Inconnue de la Marmite du Diable ». J'ai bien compris que tout le monde y pensait mais je m'étais inventé une histoire que mon esprit malade de chagrin avait tricotée maille après maille, pendant cinq ans et sept mois. Ma sœur, avide d'aventures, était partie en Amazonie. Elle vivait dans une tribu d'Indiens, elle avait toujours été originale. Elle voulait apprendre leur langue, tout partager avec eux, écrire un livre sur le péril qui menaçait leur mode de vie... J'étais intarissable. J'ai d'abord raconté cette histoire aux étrangers que je croisais le temps d'une soirée, puis j'ai commencé à parler de la vie aventureuse d'Amélie devant mes parents et François qui s'inquiétaient de plus en plus de ce qu'ils nommaient, dans mon dos, « mes délires ». Ils ont même envisagé, ça je l'ai appris plus tard, de m'envoyer me « reposer » dans une clinique « très bien ». Je ne sais pas pourquoi François est resté avec moi. Il se doutait bien qu'Amélie ne reviendrait pas. Après des jours, des mois, des années, il ne pouvait pas en être autrement.

Il aurait pu tenter sa chance ailleurs, avec une fille sans problème, préservée des tourments de la vie par l'insolence de la jeunesse. Il aurait pu choisir d'être heureux. Mais il a insisté pour m'épouser. Ça a été le mariage le plus triste de tous les temps. Amélie avait disparu depuis presque cinq ans, je fabulais de moins en moins sur sa vie en Amazonie et j'étais de plus en plus anéantie par son absence. Le jour des noces, j'ai pleuré presque sans discontinuer. J'étais toute barbouillée de rimmel, je ne souris sur aucune des photos.

Il y avait un cliché du mariage sur le pêle-mêle du frigo. Clara y apparaissait grave et égarée comme elle l'est encore quand elle laisse son visage sans surveillance. Le plus souvent, elle est impénétrable. Il est rare qu'elle soit la femme enjouée et spontanée que j'ai connue le jour où elle a marché vers moi à la bergerie, dans son maillot mouillé. Mais je n'ai jamais été d'accord avec ceux qui la disent distante ou hautaine.

La commissaire chargée de l'enquête de « l'Inconnue de la Marmite du Diable » a été brutale. *C'est bien le corps d'Amélie. Cause de la mort : rupture des cervicales.*

— Qu'est-ce que c'est la Marmite du Diable ?

Je n'avais trouvé que cette question stupide à poser en essuyant d'un doigt timide une larme en équilibre sur la pommette de Clara.

— C'est un ravin pas loin d'ici sur la route du sud, hérissé de ronces. Il a servi de tombe à ma sœur pendant plus de cinq ans avant qu'un ivrogne rate un virage, qu'il soit éjecté de sa voiture et vienne pousser ses derniers râles contre le corps décomposé d'Amélie. Ils n'ont trouvé aucun indice ; trop de temps passé, trop de pluie. Une chute dans le ravin ? Je n'y ai jamais cru. Ma sœur a été assassinée, je le sais.

Un temps. Puis Clara a repris :

— Elle avait tellement dansé le dernier soir où je l'ai vue qu'elle était en nage quand elle avait décidé de partir. Elle avait voulu m'embrasser, mais je l'avais repoussée en riant, à cause de la sueur. C'était une belle fête, comme ce soir. Amélie avait juste vingt ans, comme toi, depuis à peine un mois. La musique nous empêchait de nous entendre. Je la revois, elle avait réuni ses mains, paume contre paume, et posé sa tête sur ce simulacre de coussin pour me faire comprendre qu'elle allait se coucher. Elle avait prévu une randonnée le lendemain, 1 500 mètres de dénivelé. Elle était intrépide, infatigable, imprudente aussi. Elle vivait seule dans un studio de la vieille ville, les voisins ne se sont pas souvenus de la dernière fois où ils l'avaient vue. Ma mère a commencé à s'inquiéter seulement quatre jours après la fête parce qu'elle n'est pas venue déjeuner comme prévu. Quand ils ont fouillé son linge sale, ils ont trouvé des vêtements de randonnée dans la corbeille, mais impossible de dire si c'étaient ceux portés le lendemain de la fête ou ceux d'une précédente sortie. C'étaient les vacances, elle avait programmé des marches plusieurs fois dans la semaine. On ne connaîtra jamais le jour de sa mort, ni sa cause. Après la soirée ? Les jours suivants ? Une mauvaise rencontre, quelqu'un qu'on connaît ? Tous ses amis ont été interrogés, ses anciens amants aussi ; elle n'était pas comme moi. Je n'ai connu que deux ou trois hommes avant François. Elle, ça défilait.

— Alors les filles ? (Paul souriait. Il a pris la photo du mariage que j'avais à la main.) Tu étais vraiment belle, Clara.

Mais tellement triste.

— Venez, vous trois ! (François tanguait.) J'ai deviné qu'ils allaient porter un toast à mes vingt ans et j'ai marché vers le salon.

— Bon anniversaire, Louise !

J'ai reconnu le vase de Gallé que j'avais longuement regardé dans la vitrine d'un antiquaire, alors que nous nous rendions au restaurant, un mois plus tôt, avec François et Clara. C'était le premier objet de valeur qu'on m'offrait. Quelque temps plus tard, il finirait explosé contre un mur par la colère de Paul.

— Joyeux anniversaire, ma chérie !

Il était derrière moi, collé à mon dos, et je sentais son souffle ardent dans ma nuque. *Ma Louise, ma Louise.* Sa voix était douce, tellement douce qu'elle a dilué tout à fait le souvenir cuisant de la nuit passée.

Paul a éteint la musique. À cet instant, tous les regards étaient sur nous.

— Louise et moi, on a quelque chose à vous dire.

Je l'ai regardé, étonnée. Il me fixait lui aussi. Je ne savais plus comment me tenir. Je m'accrochais à ma coupe vide, tétanisée, suspendue à ses lèvres.

— On va se marier !

La coupe de champagne a explosé sous mes doigts. En quelques instants, le verre était balayé et on m'avait rempli une flûte. Des baisers claquaient sur mes joues, on nous félicitait, on nous photographiait : *Louise, on recommence ! Tu as cligné des yeux ! Louise, un petit sourire ! Hé ho, Louise, par ici ! Attention au flash ! Allez les amoureux, regardez-moi : cheese !*

Ma flûte vide se remplissait, je buvais cul sec. La nuit précédente était de plus en plus lointaine, je revoyais la première gifle au ralenti, comme dans un film, comme si ce n'était pas moi qui la recevais de plein fouet. Je perdais pied une fois encore avec le réel…

VIII

— Louise ? Louise ? Tu dors ?

J'ai sursauté. J'ai mis quelques instants à me raccorder au présent. J'entends murmurer la rivière, ma tête posée contre un ventre qui se gonfle et se vide au rythme de la respiration. Je garde encore les paupières closes, appréciant la tiédeur d'une main un peu rêche sur mon front. Toinette. Je la regarde émerveillée. C'est elle, c'est vraiment elle, avec ce sourire immense, lacunaire, deux ou trois dents absentes, presque rien, une prémolaire par-ci, une molaire par-là. Toinette tout entière, ramassée dans ce petit corps tassé et recroquevillé au-dessus de moi, contre lequel je me suis calée pour m'endormir, comme quand je faisais des cauchemars, comme quand l'absence de maman me faisait un grand trou rouge au milieu de la poitrine ; un trou qu'elle comblait en posant sa main, paume ouverte, sur mon sternum. Toinette, lumineuse dans le soleil couchant, face à ce tableau vivant que nous regardons ensemble ; la rivière folle et sauvage qui bouscule les pierres dans son lit. Je suis tout entortillée dans le drap de bain, dans le maillot à carreaux rose et blanc que je laissais sur la berge quand on venait se baigner là avec Yvan, nus, quinze ans plus tôt, ces longues nuits éclaboussées d'étoiles et d'eau de rivière.

Soudain, sans transition, le soleil bascule de l'autre côté de la colline, la masse liquide devient plus opaque, presque inquiétante, j'hésite une seconde avant de plonger pour un dernier bain.

Je suis revenue après quinze ans, un mois et trois jours. Je n'ai jamais perdu le fil du temps depuis ce 12 juillet. Une séparation brutale avec Toinette et avec la jeune fille heureuse qui trinquait crânement à ses dix-huit ans, quelques mois plus tôt, comme si elle allait coucher la lune à ses pieds. Une séparation que Paul a précipitée, pied au plancher, en poussant la Barchetta à 200 à l'heure, guépard fou sur la nationale. Ce 12 juillet, il m'a projetée hors de mon univers, si loin et si vite que le baiser anodin et léger d'Yvan, donné à la terrasse du café, avant le départ pour sa nuit de pêche, est devenu, après coup, un baiser d'adieu.

Toinette n'en finit pas de s'étonner. Elle ne peut pas s'empêcher de me toucher, les cheveux, les mains, les bras, les jambes nues, *des cuisses de grenouille, ma Louise !* Ses doigts pudiques contournent les cicatrices que l'eau froide a apaisées. J'ai enfilé ma robe et laissé mes fesses et mes seins libres sous le fin tissu. Toinette a enfermé le maillot dans la serviette-éponge qu'elle plie soigneusement avant de la coucher au fond du panier. J'ai bu la première, directement au goulot de la bouteille d'eau, puisque Toinette l'a voulu. Elle boit à son tour, forcément après moi, comme elle l'a toujours fait pour me protéger de ses hypothétiques microbes. Elle me reprend le bras et on amorce le chemin du retour, très doucement, en regardant bien où on pose les pieds. La lumière est traître dans cette fin de jour, les cailloux roulent sous nos sandales, ma grand-mère me tient fort pour garder l'équilibre.

Elle est très essoufflée quand elle s'assoit dans l'Audi qui démarre silencieusement. Toinette regarde mes mains posées sur le volant :

— Alors comme ça, tu t'es mariée…

— Je n'aurais jamais dû ! (Je l'ai dit très vite.) Il faut que je te raconte tout.

— Plus tard, Louise, plus tard…

— Non, Toinette, il faut que tu saches.

D'un geste brusque, j'arrache l'alliance de mon doigt et je la jette par la vitre ouverte avant d'appuyer sur l'accélérateur.

Elle me propose un vin d'orange et elle sirote le sien avec un air résigné. Elle doit s'en vouloir d'avoir évoqué mon mariage, de m'avoir, par une phrase minuscule, reproché ma longue absence. *Pourquoi n'es-tu pas venue me voir pendant quinze ans ?* Maintenant, elle va devoir écouter l'histoire de mes années d'absence qui lui ont fait si mal. J'ai envie de hurler : *moi aussi j'ai souffert !* Si elle comprenait à quel point je me suis perdue ; dépossédée de moi-même, complice de mon propre ravisseur. Je ne savais plus qui j'étais, comme si un insecte énorme avait planté sa trompe dans ma tête pour aspirer mon âme. Mais comment expliquer cette dérive à une vieille paysanne terre à terre, enracinée dans son sol natal : un chêne puissant, ancré ici depuis toujours.

Je bois cul sec le vin liquoreux qui se répand dans mes veines comme une coulée de lave et fait monter le rouge aux joues.

— Il s'appelait Paul, son père était camionneur, sa mère travaillait dans un pressing, je crois. Mais il n'en parlait jamais. J'ai eu des informations par hasard, par bribes, pendant nos quinze ans de vie commune.

Il s'est passé des choses, dans son enfance. C'est ce que m'avait confié François, son ami de toujours, quand je travaillais dans sa galerie. À deux reprises, Paul avait été placé dans un foyer. Il n'en avait jamais rien dit, mais ça s'était su. Dès qu'il avait pu gagner trois sous en donnant quelques cours de peinture et en faisant le gardien de nuit dans un hôtel, il avait loué un studio. Il n'était plus jamais retourné dans le pavillon de ses parents, chassés de sa mémoire par une amnésie volontaire et irréversible. Jusqu'à ce que François me livre, en secret, ces fragments de souvenirs, je croyais même Paul orphelin.

Je raconte à Toinette la fierté ridicule que j'ai éprouvée quand un estivant, un homme de plus de trente ans, conduisant une jolie petite voiture rouge, s'est arrêté devant la boulangerie pour m'emmener à la bergerie. Elle me coupe brusquement :

— Je connais bien le maçon, Gaston Bru, qui a fait la rénovation. C'est un gîte pour les riches. La piscine, des baignoires avec des bulles et tout et tout ! Des grandes baies vitrées. *Une seule, c'est le prix de toutes tes fenêtres, Toinette,* qu'il me disait le père

Bru. Je m'en souviens très bien ! Même qu'un jour, le père Bru, il nous avait emmenées avec la Mado pour visiter le chantier. On n'en croyait pas nos yeux ; la piscine, en forme de coquillage ! Et qui faisait des vagues en plus. (Toinette rit.) La Mado, elle perdait la tête depuis un bon bout de temps déjà. Parfois quand l'auxiliaire de vie se décommandait, son fils me la laissait à surveiller. Elle aimait jouer à la poupée avec toi quand tu étais petite, tu te rappelles, Loulou ? Retombée en enfance, la Mado. La famille me payait bien pour m'occuper d'elle, c'est sûr, mais faut dire que la garce, elle était pas de tout repos. Comme les bébés ! Vas-y que je mets n'importe quoi dans la bouche, vas-y que je me sauve. Ah, elle m'en a fait voir, la malheureuse. Avec ses jambes toutes raides, tu te disais : elle peut pas aller loin. Tu parles ! Deux secondes d'inattention et hop ! Je l'ai même retrouvée sur la nationale une fois. À la bergerie, elle est allée à l'eau tout habillée, elle savait même pas nager. Le père Bru et moi non plus, d'ailleurs. Heureusement, en tendant le bras, il l'a attrapée par les cheveux. Après, j'ai passé l'après-midi à sécher ses vêtements au séchoir pour pas la rendre dans cet état à son fils.

— Je connais l'histoire, Toinette, tu me l'as déjà racontée !

Elle me regarde penaude et je m'en veux immédiatement d'avoir été brusque, mais il faut qu'elle sache. Il faut combler toutes ces lacunes, ce temps mort entre nous deux. Après on n'en parlera plus, juré craché.

— J'ai cru que ça allait être la belle vie, les voyages, les hôtels, les musées. Et les premiers mois, c'était presque le cas. Comme j'ai été naïve : le peintre et son modèle ! J'étais fière, j'étais stupide. Il m'a appris à conduire, à fond sur les grandes routes américaines. J'ai vu des poissons de toutes les couleurs... Ah Toinette, tu me manquais pourtant, je te le jure. Quand je disais que j'allais prendre l'omnibus et le car pour te rendre visite, Paul me proposait de m'accompagner. *On va y aller tous les deux, Louise !* Alors tes derniers mots me revenaient : *il ne mettra jamais un pied dans ma maison !* Il m'adressait un sourire bénin comme si, contrairement à moi, il avait tout oublié.

Jamais !

— Pendant un an et demi, on rentrait rarement à l'appartement sur le fleuve. On était à deux heures de route d'ici, à peine. Mais on passait en coup de vent. Juste le temps que Paul règle quelques formalités, le temps d'une ou deux soirées avec ses amis, Clara et François. Je te parlerai d'eux plus tard. Je n'avais pas encore le permis et il me promettait qu'il allait me conduire chez toi plus tard. J'éludais. Je me renseignais sur les horaires des transports en commun. *Pour ne pas te déranger, Paul. Mais non, Louise, ne sois pas ridicule, je t'accompagnerai…* Mais un matin, sans prévenir, c'était le grand départ. *Vite, Louise, plus vite, on va rater l'avion.* Chaque fois, j'entassais des vêtements au hasard, des chauds, des légers, je ne savais plus trop. Il était évasif sur les prochaines destinations. *On atterrit à New York, mais après, qui sait où on ira ?* J'avais juste un instant pour t'appeler, Toinette. Je me sentais coupable. Tellement. *Plus vite, Louise !* Il s'impatientait, il s'agitait autour de moi ; j'avais le tournis. Il fallait que je raccroche. Agacé, il roulait à une allure folle vers l'aéroport. C'est à ce moment-là que j'ai commencé à éprouver des difficultés à déglutir, à respirer. Parfois, la nuit, je croyais que j'allais mourir.

Je m'arrête. Je ne vais pas lui dire que c'est peut-être aussi la honte de ma naissance balancée en pâture aux médisances villageoises qui a empêché mon retour. Ce crachat barbare, c'est comme si Toinette avait signifié aux voisines : on n'est pas de votre race. On est des femmes maudites, des folles ou des putains…

C'est le moment de parler du retour définitif en Europe. De mes vingt ans.

Un jour, Paul a décidé qu'il détestait les États-Unis, qu'il détestait les Américains. Il faut dire qu'après avoir été la coqueluche de quelques galeristes ou mécènes à la mode, les invitations et les propositions d'expositions se sont espacées. Il ne desserrait pas les dents de la journée quand il lisait des critiques sur ses œuvres. Je ne vais pas raconter tout ça en détail à Toinette, la carrière de Paul, je vois bien qu'elle s'en fout.

— On est rentrés de Paris le jour de mes vingt ans. J'ai dit à Paul que j'allais venir te rendre visite. J'avais eu mon permis entre deux voyages. Chaque fois qu'on revenait à l'appartement du fleuve, je prenais quelques leçons. Mais ce soir-là… je n'ai pas compris… pour rien… pour une fenêtre restée ouverte. J'aurais dû partir, mais… Ce soir-là, il m'a frappée pour la première fois.

Toinette met sa tête dans ses mains pour la soutenir ; une branche trop lourde qui ploie.

— Plus tard, le même soir, il avait organisé une fête surprise pour mon anniversaire. Il a déclaré devant tous les amis qu'on allait se marier.

Un temps.

— Ne pleure pas, Toinette, il ne m'a pas frappée souvent.

C'est la vérité. Parfois, pourtant, c'était bien pire que les coups.

IX

Je n'ai pas pu continuer. Les images défilent, se superposent. Prise d'une fatigue immense, je rêve de les chasser. Toinette se tait, dans l'attente. Je revois la robe blanche et simple que Paul avait choisie pour moi, les fleurs piquées dans les cheveux, les escarpins trop petits. Ils me faisaient mal, je l'ai dit tout de suite mais il a refusé que je prenne la taille au-dessus :

— C'est parfait comme ça, Louise, des petits pieds de Cendrillon.

La vendeuse, très chic et jusque-là impassible, l'a regardé, contrariée :

— Mademoiselle devrait essayer le 37.

— Non, pas la peine, elles vont se faire à son pied. On prend le 36.

Affaire conclue.

Les lèvres verrouillées, la commerçante avait emballé les souliers, Paul avait fait un chèque dont le montant m'avait paru exorbitant.

C'était lui aussi qui s'était chargé de tous les préparatifs et avec un tel enthousiasme que mes doutes ou mes craintes s'étaient peu à peu dissipés. Il était solennel : on allait s'engager pour toujours. J'allais être « sa » femme, comme François était « son » ami. Il fallait ce pacte-là pour être vraiment heureux. Le jour du mariage, pendant le cocktail dans l'hôtel particulier XVIIIe que Paul avait loué pour l'occasion, les flashs crépitaient comme un feu de cheminée attisé par un petit bois sec. Je ne savais plus où donner du sourire ; *Louise, regarde-moi ! Hé ho, Louise !* Une photographe, parmi les amis rencontrés le premier soir à la bergerie, était chargée de l'album officiel, mais chacun y allait de ses propres photos-souvenirs. La professionnelle était accompagnée de sa fille que je n'avais vue qu'une fois, le premier soir, à la bergerie, alors qu'elle jouait dans la piscine avec Paul. La petite a poussé un cri de joie quand mon mari l'a soulevée, jetée en l'air et rattrapée avant de l'asseoir sur ses épaules. Je me suis rapprochée d'eux immédiatement, j'ai pris Paul par le bras alors que les cliquetis des appareils photo se répondaient de tous côtés. C'est la scène de mon mariage que je préfère, le sourire radieux de Paul, la bouche sans dents, grande ouverte de la fillette, et moi, la tête sur l'épaule de mon mari, confiante. Les souliers trop étroits avaient commencé à me faire souffrir mais ça n'avait pas d'importance. Nous nous aimions. Et si c'était ça, notre chance… On inventerait notre propre famille, je serais mère d'une petite fille bouclée, dont le rire balaierait mes peurs et les colères de Paul, une enfant qui mettrait du baume sur les plaies du passé.

Le matin des noces, je m'étais réveillée la nuque raide, une douleur vive irradiant de mon cou à mes épaules. Clara m'avait donné un décontractant musculaire qui avait dénoué les tensions. Je flottais agréablement, entre deux eaux. Après la cérémonie, le maire, en personne, a fait un passage éclair pour féliciter l'artiste qui lui faisait l'honneur de résider et de se marier dans sa ville. J'ai ri aux blagues des invités ivres, j'ai dansé, j'ai bu aussi, les pieds en sang dans mes escarpins hors de prix. Quand je les ai enfin retirés pour continuer pieds nus, Clara a grimacé en voyant les plaies rouges et suintantes des ampoules éventrées.

— Ça va, Louise ?

— Beaucoup mieux maintenant.

— Mais comment tu as pu supporter ça si longtemps !

Les blessures étaient si profondes que je me suis demandé pourquoi je n'avais pas retiré les souliers de torture plus tôt.

Au même moment, j'ai revu ma mère, le visage émacié et la voix un peu traînante, assise près de mon lit, me racontant l'histoire de la Petite Sirène : elle me l'avait lue si souvent que des phrases entières me sont revenues. La jeune fille à la queue de poisson, amoureuse d'un prince, offre sa voix à la sorcière en échange de deux belles jambes qui la feront souffrir comme si on lui tranchait le corps en deux avec une épée effilée : « Chacun de tes pas te causera autant de douleur que si tu marchais sur des pointes d'épingle. » J'ai détourné le regard de mes pieds. Toinette ne comprenait pas pourquoi on racontait des histoires pareilles aux enfants : *ça leur met du vent dans la tête ! Les fées, les princesses, les sirènes, c'est de la foutaise tout ça.* Cent fois, j'avais pensé à l'appeler pour l'inviter à mon mariage, mais je ne m'étais pas senti le courage d'essuyer un refus. J'avais failli téléphoner à Lorine aussi, j'aurais pu appeler Théo et même peut-être Yvan, qui sait… parce que c'est comme ça dans les mariages, les amis d'enfance se réunissent et tout est pardonné. Ils racontent des anecdotes, de bons petits souvenirs qui ravivent l'émotion et renouent les liens.

On aurait ri de nos parties de carnaval, de nos baignades dérobées, des soirées étoilées où on chahutait sur les berges de la rivière. Toinette m'aurait serrée maladroitement entre ses bras maigrelets. *Allez va, ma Loulou, c'est oublié !*

Les baisers doux d'Yvan, son regard triste devant la boulangerie, je n'aurais pas voulu y penser le soir de mes noces, mais c'est comme ça la mémoire, c'est traître, ça vous donne des coups sournois plus insoutenables que les élancements d'un pied blessé.

— Mais enfin Louise, comment tu as supporté ça ?

Clara répétait sa question alors que je m'égarais dans le passé.

— J'aurais dû prendre la taille au-dessus mais Paul pensait que le cuir allait s'assouplir.

Elle a fait une grimace avant de regarder Paul. Elle s'est à nouveau tournée vers moi ; son regard était intense comme si elle cherchait à résoudre une énigme. Ce jour-là, elle a deviné – elle me le dirait plus tard – qui était mon mari. Jusqu'alors, elle n'avait éprouvé, en le côtoyant, qu'un malaise confus, fugace, sitôt chassé. Son regard toujours posé sur mon pied nu, elle a hoché doucement la tête et sans prévenir m'a serrée fort contre elle : *ma petite Louise.* Je ne suis pas certaine d'avoir bien entendu la suite mais il m'a semblé qu'elle ajoutait, tout doucement, comme pour elle-même : *ma petite sœur.*

Un peu plus tard, dans la soirée, elle s'est inquiétée de l'absence de ma grand-mère. Je lui ai dit qu'on était fâchées, avant de couper court à la discussion. Elle m'a regardée désolée, attendant sans doute que je me confie à elle. Je ne pouvais pas. Je savais au fond de moi que si je parlais, il faudrait remettre tous mes choix en question.

— Venez, les filles, on va faire des photos, tous les quatre, les mariés et les témoins ! La pleine lune est pile au-dessus de la terrasse, ça fait un sacré décor. Allez Louise, remets tes chaussures.

— Mais Paul, regarde, elle a les pieds en sang !

Clara avait presque crié.

— Il n'y en a pas pour longtemps.

La farandole des desserts avait cédé la place aux bouteilles d'alcool fort en guise de digestifs. J'ai avalé un demi-verre de whisky avant d'enfoncer, d'un coup d'un seul, mes pieds dans les escarpins. Le gauche, au contact de ma peau blessée, s'est maculé de rouge. J'ai frotté le cuir avec un doigt mouillé de salive mais la tache ne s'est pas effacée. Pendant des années, quand j'ouvrais mon placard à chaussures, je voyais l'escarpin souillé et la nausée causée par la douleur brutale du contrefort sur la plaie me soulevait le cœur à nouveau.

La pièce n'a pas changé, les posters de groupes de rock, le bureau que j'avais peint en bleu électrique, de gros coussins de couleur, entassés sur le lit simple. On se tient sur le pas de la porte, toutes raides, comme si on allait pénétrer dans la chambre d'une morte, la chambre de la fille que j'étais alors, banale, presque heureuse. Une gamine encore, ébranlée par de rares abattements quand les expériences de la vie réclamaient les conseils ou la simple présence d'une mère jeune et rieuse, qui aurait soufflé avec elle et avec élan sur ses bougies d'anniversaire pour l'aider à grandir.

Toinette n'a touché à rien, à part, sans doute, un coup de chiffon sur les meubles, les draps lavés de temps en temps avec sa lessive à la lavande, qui imprégnait alors tous mes vêtements ; propreté laborieuse et bon marché. C'est émouvant cette chambre dans laquelle Yvan s'est hissé en secret, escalade nocturne de la gouttière, de rares fois, qui me reviennent brutalement en mémoire, comme si je sentais encore l'odeur musquée de sa sueur et de son désir conjugués. L'étreinte retenue, les rires étranglés sous les draps. *Chut, chut, Toinette peut nous entendre…* Il repartait, en poussant sa moto jusqu'au coin de la rue avant de se retourner. Je lui faisais de petits signes de la main depuis la fenêtre.

J'ai dormi dans ce lit avec Lorine aussi, quand on était fillettes, qu'on jouait à être sœurs jumelles et qu'on était toutes deux amoureuses d'Yvan en secret. Que de rires le long de ces nuits blanches et enfantines ! J'oubliais, dans ces moments-là, les petites remarques qu'elle laissait échapper, concernant ma famille. On s'est fâchées plusieurs fois : le jour où je lui ai dit que sa mère était une langue de pute, elle m'a sauté à la gorge comme une hyène enragée. Le jour où je lui ai dit qu'Yvan m'avait embrassée, elle n'a rien dit mais c'était pire.

C'est dans ce lit encore que j'ai tourné pendant des heures la veille de la rentrée en troisième à cause des « révélations » que Lorine m'avait chuchotées avec des airs de conspiratrice. Comment demander à Toinette si c'était vrai que toutes les femmes de notre famille étaient cinglées ? J'entendais, au rez-de-chaussée, les bruits de la vaisselle lavée avec brusquerie, le raclement de la chaise qu'on tire puis la litanie des malheurs de « cette chienne de vie » que scandait la voix pâteuse de Toinette, poissée de digestifs maison. J'étais descendue finalement, vers 1 heure du matin, dans mon tee-shirt délavé « Fruit of the Loom », avant qu'elle se couche. Elle se buvait une petite poire, ça l'aidait, soi-disant, à trouver le sommeil. Elle dormait peu de toute façon depuis la mort de maman, je le savais bien. Parfois, en pleine nuit, elle parlait à sa fille, à son mari, à son frère, et peut-être à Dieu auquel pourtant elle mettait un point d'honneur à ne plus croire. *Tes pantoufles, Louise !*

— Toinette, dis-moi la vérité, elle était folle ta mère ?

Toinette m'a bordée bien serré comme elle l'a toujours fait ; comme elle le faisait encore il y a quinze ans, alors que j'avais passé l'âge, que je préférais jeter le drap sur moi et découvrir mes pieds si j'en avais envie. J'avais beau lui dire que j'avais l'impression de me glisser dans un cercueil, elle me bordait machinalement, lorsqu'elle venait se poser comme ce soir, du bout des fesses, sur le bord de mon lit. Elle reste assise un moment à sa place habituelle, ses doigts dans les miens, sans parler, jusqu'à ce que je ferme les yeux. Quand elle croit que je dors, elle récupère tout doucement sa main et pose la mienne bien à plat sur le drap avant de se lever. J'entrouvre un œil pour suivre, en ombre chinoise, la progression de sa petite silhouette voûtée le long du mur de la chambre dans la lueur fragile de la demi-lune.

Quand je me réveille, en sursaut, égarée, tâtonnant dans la pénombre en quête d'objets familiers, il est 10 heures du matin sur le vieux réveil à quartz du lycée. J'ai sombré dans un sommeil d'oubli. Je ne me suis pas réveillée de la nuit. Pour une fois, j'ai banni de mes rêves la bastide en feu et le dernier regard de Paul. Je crois que je n'ai jamais si bien dormi que dans ce lit-là, un peu trop mou, étroit, le lit de mon enfance qu'il avait été question de changer à plusieurs reprises. Pour la première fois depuis l'incendie, les flammes ne sont pas venues embraser ma nuit, calciner mes rêves, m'ensevelir tout entière sous un linceul de cendres brûlantes. Pas de grandes lames de feu dardées vers le ciel, surgissant derrière mes paupières dans le fracas d'un toit qui s'effondre.

X

J'ai su longtemps avant son décès de quoi François allait mourir. Clara avait trente-trois ans et je lui avais demandé si elle comptait faire un bébé. Elle m'avait répondu avec un détachement surprenant :

— Nous n'aurons pas d'enfant. Je ne veux pas risquer d'élever des orphelins de père.

Nous étions dans la galerie, en train de boire un café. En route pour les ventes aux enchères de l'après-midi, elle s'arrêtait souvent pour bavarder avec moi dans la pièce détente, comme nous l'appelions. Dotée d'un coin-cuisine, d'un canapé confortable et d'une table basse, elle donnait sur une cour intérieure aux murs tapissés de lierre, meublée d'une table en fer et de chaises assorties. On s'y installait de préférence à l'ombre comme ce jour d'été où Clara m'avait informée des risques de mort prématurée, épée pointée sur le cœur de François. Alarmée, je l'avais pressée de questions.

— Calme-toi, Louise, on apprend à vivre avec. Depuis dix ans je me dis chaque jour, en me réveillant, que c'est une chance d'entendre la respiration calme de François à mes côtés. Je me souviens du jour où son corps robuste, ce corps résistant qui ne flanchait jamais, s'est brutalement détraqué. C'était un an avant la disparition d'Amélie, j'avais vingt-quatre ans, je venais de réussir mon concours de commissaire priseur. On avait fait une de ces fiestas le soir des résultats ! François, son frère Antoine et Paul avaient bu un mètre de tequila dès le premier bar. Puis on était allés dans une boîte à la mode, on avait dansé sur les tables, il y avait tous les copains. Il paraît même que j'avais commencé à faire un strip-tease, on m'avait arrêtée alors que j'enlevais mon soutien-gorge. La honte, quand on m'a raconté… Certains soirs, c'est le grand n'importe quoi. Il y avait Amélie bien sûr mais elle avait vite filé à l'anglaise avec un type. François m'avait ramenée en me portant sur son dos, titubant et riant. Et moi, j'étais tellement soûle que je glissais comme une poupée de son. Je me laisse rarement aller comme ça mais j'avais eu une telle pression avec le concours… C'était comme une trêve de Noël, une de ces parenthèses de folie qui te font croire que rien n'est grave. Et puis, ensuite, tu te prends la porte dans la gueule.

Il était rare, aussi, que la langue policée de Clara se mâtine de mots brutaux, qu'elle cesse d'être cette femme exemplaire dont j'imitais en cachette, devant le miroir, la gestuelle fluide, délicate et élégante.

Et puis ils avaient subi l'état désolant du lendemain de fête : les aspirines, les cachets contre la nausée, la tête lourde et la somnolence devant la télé ; cette morosité banale et passagère. Les coups de téléphone pour se distraire de la gueule de bois en se repassant les moments forts de la soirée : le rire d'Amélie.

Clara avait appelé le livreur de pizzas vers 19 heures, ils voulaient manger tôt, vautrés sous un plaid, et clôturer cette journée perdue par un mauvais film et une longue nuit de réparation.

Brutalement, alors qu'il va ouvrir au livreur, François s'effondre ; le choc du crâne sur le carrelage, les cris de Clara, les coups sur la porte donnés par le livreur qui a entendu le bruit de la chute, l'arrivée des secours, les décharges qui secouent le corps, l'ambulance… sirènes, lumière, vitesse. Le brancard disparaît derrière une porte interdite au public. Clara assise parmi des urgences qu'on s'efforce de hiérarchiser. Une femme titube en braillant : *Ça fait trois heures que j'attends, moi madame, c'est pas normal !* La standardiste à l'accueil essaie de trouver les mots pour expliquer à l'impatiente que dans son cas ce n'est pas une question de vie ou de mort, mais l'autre ne comprend pas, elle hurle, elle a bu, elle traite une aide-soignante de salope. Un vigile s'approche, la femme dans un baroud d'honneur répète : *c'est pas normal !* Clara se bouche les oreilles. *C'est pas normal !* L'homme en uniforme fait un pas de plus vers la furie, il se colle presque à elle et la saisit par le bras. La voix se perd : *c'est pas normal…* presque un chuchotement.

Des heures d'attente. François est vivant. Soulagement. On le garde en observation pour des examens complémentaires. Termes neutres qui pourtant inquiètent. On ne peut rien faire ce soir, il faut dormir. *Un sédatif ? Pas besoin, je dors toujours comme un bébé.* Il crâne un peu, tout pâle dans la blouse verte qui lui va très mal au teint. Médecins et infirmières sont appelés ailleurs. Clara se glisse contre lui dans le lit étroit et ils s'endorment jusqu'au petit matin.

Les examens s'étaient enchaînés pendant plusieurs jours et puis on avait su : malformation congénitale du cœur. On lui avait recommandé une hygiène de vie irréprochable, prescrit des cachets qui assomment et qu'il avait vite cessé de prendre. On lui avait conseillé de vivre à l'économie, en somme. Combien de temps ? On ne pouvait pas savoir : un an, dix ans, vingt ans peut-être ? Un médicament nouveau ? À moins de pouvoir un jour bénéficier d'une greffe…

François a fait comme si de rien n'était. Il a refusé le ralenti, Clara a renoncé à la maternité. Quelques alertes lui ont rappelé sa condition. Il les a traitées par le mépris.

François voyageait, chineur, antiquaire ; des puces aux ventes aux enchères. Il connaissait des collectionneurs à travers toute l'Europe. Dans les lundis blêmes, des phares éclairaient la rue encore endormie. Le camionneur klaxonnait devant la maison, avec un trois tonnes plein d'objets de valeur. François collait un baiser sur les lèvres de Clara et partait la semaine entière pour des périples qui le conduisaient parfois jusqu'en Russie. Et puis un jour, il avait dit : *J'arrête, j'ouvre une galerie.* Comme une réconciliation avec son premier amour, la peinture, qui avait été si ingrate avec lui. Paul, d'un trait sûr et définitif, dessinait un nu expressif quand François, concentré, gommant, affinant, retouchant, s'acharnait sur les corps des modèles des Beaux-Arts. Au mieux, on qualifiait son travail d'honnête. Au pire, de mauvais. À la fin de la deuxième année, il avait renoncé. Paul avait commencé à gagner des prix de jeunes artistes, François, beau joueur, le félicitait.

Pour tenir la galerie, François voulait une femme élégante, cultivée et discrète. J'avais vingt-quatre ans, je n'avais jamais travaillé, à part quelques séances de cueillette ou des coups de bêche dans le potager de Toinette. Et une quinzaine de jours au comptoir de la boulangerie. Cuisant souvenir. *Une femme élégante, cultivée et discrète.* C'est ainsi qu'il avait décrit la candidate idéale avant de me faire son offre d'emploi. Paul avait dit non immédiatement, catégorique. Puis il avait bu cul sec son cognac. À peine son verre vidé, il avait toisé son ami qui ne le quittait pas des yeux lui non plus. *Si, elle va travailler pour moi.* Il avait murmuré avec une fermeté que je ne lui connaissais pas. Paul avait demandé qu'on leur apporte la bouteille de cognac et ils descendaient leurs verres, face à face, indifférents aux conversations animées des tables voisines ou à ma présence silencieuse. Une fois la bouteille vide, Paul avait poussé un soupir et avait lâché : *affaire conclue*, formule par laquelle il sanctionnait toute décision. J'avais souri sans rien dire mais déjà j'imaginais que j'allais quitter la maison tous les matins, je ne serais plus obligée de passer des journées nue dans l'atelier, le regard fixé sur les eaux vertes du fleuve, à vivre au gré des caprices de Paul qui pouvait ainsi me faire poser à volonté, recouvrir mon corps de peinture, m'utiliser pour des jeux érotiques…

Les jours précédant l'ouverture de la galerie, il était dans la colère la plus aiguë que je lui avais connue depuis notre rencontre. Il avait bu tous les soirs jusqu'à s'affaler, tête sur la table, parmi les bouteilles vides. Il hurlait que je n'étais rien sans lui ! *Rien, rien, rien ! Surtout ne va pas t'imaginer que tu es une femme « élégante et cultivée » !* Il imitait la voix de François et riait avec férocité. Je maîtrisais l'art de la transparence et la plupart du temps j'arrivais à me fondre dans le décor ; je le laissais crier, parfaitement immobile, les yeux brûlants à force de retenir le clignement de mes paupières. Malgré tout, un soir, un coup était parti, un revers de main qui cogne la bouche, un seul, fort au point de me projeter au sol. Puis son pied avait frappé mon dos. Des côtes, au hasard, brisées la veille de l'ouverture de la galerie. Pour l'inauguration, je contrôlais le moindre de mes gestes pour ne pas grimacer de douleur.

Après, il s'était calmé. Il m'avait pénétrée en douceur, en équilibre sur ses bras. Il avait tant besoin de moi. *Tellement !*

Cent fois, j'avais soulevé le combiné du téléphone, mais je ne savais pas ce que je dirais à Clara quand elle répondrait. La honte, finalement, me faisait raccrocher, le numéro à peine composé.

Pourquoi allait-il si mal ? C'était ma faute. Je ne savais pas apaiser mon mari. Modèle de plus en plus récalcitrant, je n'arrivais même plus à tenir la posture quand il exigeait l'immobilité. Je m'impatientais. J'étais moins attentive à ses états d'âme, surtout la nuit, quand il doutait de son talent, qu'il attendait que je le rassure et que mes yeux se fermaient malgré moi. La jeune fille quelconque, inutile, n'avait pas tenu les promesses de la muse.

Pendant trois ans, jusqu'au décès brutal de François, je quittais l'appartement du fleuve le matin à 9 heures et ne rentrais que le soir. Au début, Paul m'avait obligée à revenir pour le déjeuner ; il fallait que je prépare le repas en hâte, que je lui raconte dans les moindres détails mes discussions avec les artistes, avec les acheteurs, avec François surtout. Il m'étourdissait de questions, me pressait, me pressait tant que je me mettais à balbutier comme si j'avais quelque chose à me reprocher ou à cacher.

Je me sentais coupable d'aimer la compagnie attentive de François. On aurait dit qu'il devinait quand la soirée de la veille avait été bousculée par la colère de mon mari. Il me demandait si ça allait, à plusieurs reprises, me donnait mon après-midi pour que je me détende au bord du fleuve ou allait me chercher mes gâteaux préférés dans la pâtisserie voisine. C'est grâce à lui, aussi, que j'ai appris de maigres détails concernant l'enfance de Paul.

— Il n'a pas toujours eu une telle assurance, tu sais, Louise. Quand on était en maternelle, il était chétif et toujours enrhumé. Il arrivait au périscolaire à 7 heures et demie et ne repartait pas avant 18 heures. J'ai vu très rarement, « à l'heure des mamans », le gros camion de son père boucher la petite rue de l'école et jamais sa mère qui faisait la fermeture du pressing. À la fin du primaire, il a été une première fois « placé en foyer » ; j'ai entendu les institutrices parler de « parents défaillants », de « crises de violence de Paul » mais lui, il n'a jamais rien voulu en dire. Au collège, il a grandi d'un coup, quinze centimètres au moins, il a mûri et pris confiance en lui. Je crois que c'est grâce au prof d'arts plastiques qui a reconnu son talent, l'a encouragé et présenté à des concours de dessin. On s'est mis à l'admirer avec Antoine. Et les filles, je ne t'en parle même pas...

— Antoine, ton frère qui vit en Australie ? Il revient de temps en temps ?

Quand j'avais posé ces questions, le visage de François s'était assombri. Il avait quitté la galerie précipitamment, prétextant un rendez-vous urgent. Je n'avais pas insisté.

Le week-end, il fallait que je pose pendant de longues journées mornes. Parce que le froid stimulait sa créativité, Paul ne mettait pas le chauffage dans l'atelier qui était glacial en hiver et brûlant en été quand il refusait de mettre la climatisation ; il fallait alors qu'il ressente la chaleur pour la faire « transpirer de la toile ». *Toi qui as toujours froid d'habitude ; tu n'es jamais contente !*

Un jour, à bout de forces, j'ai explosé. J'avais des douleurs chroniques : *dans mes épaules, mon cou et mes reins.* J'ai crié de toutes mes forces : *Je n'en peux plus de poser pendant des heures ! Je ne veux plus être ton modèle !* Paul est resté très calme. *Mais enfin Louise, inutile de te mettre dans des états pareils !* Il a réchauffé ses mains en les frottant énergiquement l'une contre l'autre, et a massé patiemment mon dos noué, jusqu'à ce que les tensions s'apaisent.

Il a passé des annonces pour trouver des modèles, des filles nues qui prenaient ma place dans l'atelier qu'il a chauffé cet hiver-là. Il ne voulait plus que je rentre à midi, ne me faisait plus de remarques si j'étais en retard le soir. Quand j'arrivais, j'entendais des rires de femmes. Elles me saluaient, parfois pressées, sautant sur un pied pour remonter la fermeture Éclair d'une bottine, rentrant le ventre pour remonter celle d'une jupe droite et moulante. Elles étaient jeunes, jolies et bien payées. Souriantes, malgré l'air revêche que, selon Paul, je ne manquais pas d'afficher en les croisant. Des humeurs contraires me chahutaient : parfois, le corps libéré, je courais seule, le long du fleuve, à l'heure du déjeuner, débordant d'une énergie retrouvée. D'autres fois, j'attendais Paul dans mon lit. Je guettais un appel depuis sa chambre. Il ne venait pas. Il me demandait de plus en plus rarement de le rejoindre. Il n'avait pas la tête à ça. J'étouffais ma jalousie dans mon oreiller.

Il peignait des nus très doux, des filles aux rondeurs émouvantes que j'avais perdues en quelques années. Les amateurs d'art s'émerveillaient de la douceur de ces corps féminins, alanguis au milieu des vestiges d'une scène amoureuse, de ces corps qu'on avait envie de toucher. Les mains se tendaient vers la toile pour caresser un sein, une fesse, une épaule laiteuse, puis le geste était soudain suspendu quand on anticipait la sensation décevante qui attendait les doigts au contact de la peinture sèche.

Peu avant qu'il ait quarante ans, le cœur de François a implosé. Le vendredi, en général, il venait un peu après l'ouverture, on prenait un petit déjeuner, des croissants tout chauds, les meilleurs de la ville.

On regardait des books d'artistes, on faisait un point sur les ventes. Il me demandait toujours mon avis sur le choix des prochaines expositions. *Allez, mange, ma Loulou !* La première fois qu'il m'a appelée de ce surnom oublié, j'ai été si émue que j'en ai eu le souffle coupé. Je lui ai dit que ma grand-mère me surnommait ainsi, qu'elle faisait sauter les crêpes qui atterrissaient directement dans mon assiette. *Allez, mange, ma Loulou !* Ça faisait si longtemps que je ne l'avais pas vue. Il n'a pas osé me demander pourquoi. Il attendait. Mais, comme rien ne venait, il m'a ébouriffé les cheveux : *allez, mange vite ton croissant tout chaud.*

Ce vendredi-là, il était en retard. J'ai préparé un café en l'attendant. Le téléphone a sonné. C'était la voix de Clara, presque inaudible. Elle a murmuré : *c'est fini.* J'ai couru jusque chez eux. Le corps avait été emmené. Tout était allé très vite. Comme la première fois, il s'était effondré d'un coup. Les yeux de Clara étaient très rouges, mais déjà secs. Je ne voulais pas décupler sa peine par les manifestations trop bruyantes de la mienne, mais les spasmes du sanglot, incontrôlables, m'ont soudain secouée. Je ne maîtrisais plus rien, comme quand l'absence de ma mère me broyait le ventre. Seule Toinette réussissait à m'apaiser, en plaquant la paume de sa main sur ma poitrine.

Quelques jours plus tard, je débarrassais la galerie des quelques effets personnels que j'y avais laissés, une brosse à cheveux, une brosse à dents de voyage et, dans son cadre, le sourire de maman avec sa perruque. Peu après, Paul signait l'achat de la bastide. *Affaire conclue.*

Je me souviens de la première visite de la maison : il l'avait aimée immédiatement, je l'avais détestée. Le jour de l'enterrement, Clara m'avait proposé de continuer à tenir la galerie. J'avais dit oui tout de suite sans réfléchir et elle m'avait prise dans ses bras et serrée fort au point que je sentais les battements de son cœur dans ma poitrine. À peine Clara avait-elle défait son étreinte, que Paul m'entraînait déjà à l'écart pour me demander ce qu'elle me voulait. *Elle t'a parlé de la galerie, c'est ça ?* J'avais balbutié un oui, du bout des lèvres. *C'est impossible. Nous allons sûrement déménager, demain on visite une bastide à plus de cent bornes d'ici.*

— Alors Louise, qu'en penses-tu ?

— C'est peut-être un peu isolé, non ? Et tout ce vent, mon Dieu…

Il avait soufflé, je ne voulais pas le contrarier en public. Pour le vent, on s'y ferait sans doute, et puis on serait tranquilles, loin de tout, si loin… Il avait souri avant de tendre la main à l'agent immobilier. *Affaire conclue, on l'achète.* J'avais risqué : *c'est notre première visite, on devrait en voir d'autres pour comparer.* Il avait agité la tête en signe de dénégation, comme pour chasser une mouche. Il n'y avait rien à ajouter. La panique m'avait gagnée, tout entière, pareille à un caillot qui ferait exploser le cœur. Je ne voulais pas vivre là, sur ce plateau aride, loin de tout, quitter la ville, mon travail à la galerie, quitter notre appartement avec sa vue sur le fleuve... J'aurais voulu protester mais depuis l'enterrement de François je me sentais plus fragile que jamais, vacillante, comme si on avait ôté la barrière de sécurité dressée devant mon précipice, privée d'un tuteur qui m'aurait maintenue dans ma verticalité. Obsédante, la descente du cercueil dans le luxueux caveau de famille se répétait inlassablement, quand je cherchais le sommeil ; se superposant au souvenir de la simple boîte refermée sur le corps de maman, au fond du trou, à même la terre. Paul, lui, souriait en conduisant trop vite sur la route sinueuse. Mâchoires closes du piège. J'avais toujours eu peur de lui, peur de ses colères qui surgissaient à l'improviste et qui enflaient comme des tempêtes avant de s'apaiser d'un seul coup, me laissant ravagée, un monde à reconstruire après un raz de marée.

— Louise vraiment, il faut que tu changes d'air, tu as une tête de déterrée. Ça va te faire du bien de vivre au bord de la mer. Allez, réagis ! Je viens de perdre mon meilleur ami, c'est déjà bien assez douloureux, et toi, au lieu de me soutenir, tu te morfonds. Je vais finir par croire qu'il y a eu quelque chose entre vous…

Je n'avais pas encore donné ma démission à Clara, mais il faudrait le faire avant le déménagement. Il n'était pas question que je parcoure deux fois par jour les cent dix-huit kilomètres qui séparaient la bastide du « magasin ». Il avait prononcé ce dernier mot avec mépris, en détachant chaque syllabe. Je me demandais encore pourquoi trois ans auparavant il avait finalement accepté que j'y travaille : *je le lui dois bien,* m'avait-il dit à l'issue du repas trop arrosé que nous avions partagé avec François. Paul avait une dette envers lui, une dette si grande qu'elle justifiait qu'il me laisse quitter la maison, cinq jours par semaine, alors que jusqu'alors il avait toujours refusé que je travaille ou que je m'éloigne de lui. J'avais bien essayé d'en savoir davantage mais il se contentait de hausser les épaules.

À de rares moments, il laissait échapper des bribes de souvenirs : la rencontre avec François en première année de maternelle, puis avec son frère Antoine, scolarisé dans la même école l'année d'après ; des parties de billes en primaire, les nuits d'ivresse au lycée et les séances de nu aux Beaux-Arts. *François n'a jamais été doué pour la peinture, du goût oui, regarde sa déco. Faut dire qu'il a toujours baigné là-dedans lui, avec son père commissaire priseur ; eh oui, comme Clara ! La bonne bourgeoisie éduquée de province, quoi. Tu vois, ma petite Louise, tu ne fais pas partie du sérail.*

Toi non plus, aurais-je pu répondre. Mais il n'aimait pas qu'on lui rappelle ses origines. Il avait même pris un pseudonyme, un « nom d'usage » qui figurait sur ses papiers d'identité pour effacer tout lien avec sa famille.

François avait raconté, une fois, au cours d'une soirée, combien il était impressionné, enfant, par le camion énorme que conduisait le père de Paul. Par le talent précoce de Paul, par l'arrogance de Paul qui prenait de haut tous les adultes, sauf le prof d'arts plastiques. Par son succès auprès des collégiennes à queue-de-cheval et sourires d'acier orthodontique. Par les œillades énamourées des lycéennes et les propositions abruptes, rentre-dedans des étudiantes des Beaux-Arts.

Mon enfance, ma famille ? Qui ça intéresse !

Le ton était sans appel. Mon mari était sans passé. Il le répétait, nimbé de mystère, derrière l'écran de fumée de sa cigarette qu'il crachait élégamment au visage des journalistes venus l'interviewer.

XI

— Voilà, on est chez nous !

Il n'avait fallu que deux mois pour finaliser toutes les transactions. Paul avait vendu sans difficulté l'appartement du fleuve et organisé le déménagement pour la bastide le lendemain de la signature définitive. *Cette demeure du XVIIIe, c'est le cadeau que je fais à Louise pour ses vingt-sept ans.* Les amis me souriaient avec indulgence comme si j'étais une enfant gâtée.

J'avais voulu embrasser Clara une dernière fois avant que l'on se mette en route pour devancer le camion dans lequel étaient entassées toutes nos affaires. On s'était promis de se voir souvent : *ce n'est pas si loin, quand même. Toi aussi, Louise, tu vas me manquer !* Je n'arrivais pas à relâcher l'étreinte, le nez dans le chignon de mon amie, pour m'imprégner du parfum unique et subtil qui flottait, longtemps après son passage, à la galerie. Impatient, Paul klaxonnait devant la maison. Elle s'inquiétait pour moi, elle me l'a dit, sans prévenir, en reparlant des escarpins de mariage. Plusieurs fois, elle avait tenté : *pourquoi tu ne vois plus ta grand-mère, Louise ? Tout va bien avec Paul ?* Avec les autres, mais surtout avec moi-même, j'avais l'art de la fuite.

Finalement, entre le jour du départ et l'incendie de la maison, je n'ai revu Clara qu'à cinq reprises, moins d'une fois par an.

La bastide. Je n'y étais pas retournée depuis la première visite. Soudain, au détour d'un virage, elle s'est détachée sur la toile de fond aride du plateau, dans la tiédeur d'un après-midi de printemps.

— On est chez nous ! a répété Paul en ouvrant la porte sur les grandes pièces encore vides. On est chez nous, Louise !

Il faisait un peu frais à l'intérieur, tous volets clos, murs épais, odeur de renfermé des maisons désertées depuis trop longtemps. Nos voix résonnaient dans l'espace nu tandis que Paul me courait après de pièce en pièce. On s'amusait comme des enfants. J'étais redevenue, le temps d'un jeu, la fillette rieuse des mercredis après-midi chez Toinette. Dans l'escalier, Paul a essayé de m'attraper par la robe, mais j'ai fait un mouvement brusque et le tissu lui a glissé entre les mains. J'ai réussi à me cacher dans le renfoncement d'une pièce à l'étage, je l'ai surpris alors qu'il me tournait le dos en plaquant mes mains sur ses yeux. Nos rires se sont amplifiés dans ma future chambre, celle dans laquelle, plus tard, j'étoufferais tant de sanglots. Il s'est tourné vers moi, j'ai posé mes lèvres sur les siennes et j'ai appuyé, fermement, à deux mains, sur ses épaules, pour qu'il se couche sur le dos, à même le sol. Il me regardait avec un sourire amusé tandis que je peinais à défaire la ceinture de son pantalon ; quelques contorsions pour me débarrasser de ma culotte et je me suis installée à califourchon sur lui. L'écho de nos soupirs a empli la pièce vide, de plus en plus fort.

J'ai gardé l'oreille plaquée contre sa poitrine en écoutant les battements rapides de son cœur qui ont peu à peu ralenti ; dans l'apaisement des sens contentés, j'ai cru à un renouveau, un quotidien heureux dans cette nouvelle maison. J'aurais pu faire mienne cette prophétie autoréalisatrice : on repart à zéro.

Dans la ville la plus proche, il y avait la mer, des touristes et des musées.

— Qui sait, avec mon expérience, je pourrais peut-être travailler dans une galerie d'art ? J'irai dès demain me présenter.

— C'est une bonne idée, Louise.

Je n'en revenais pas, Paul souriait, il approuvait. J'allais rédiger mon curriculum vitae pour la première fois de ma vie. J'imaginais déjà comment j'allais faire valoir mes compétences, mettre à profit les leçons de Paul, revendiquer les transactions avec les marchands d'art et les galeristes que j'avais menées avec François. Je pourrais parler des techniques d'accrochage de tableaux, des notions de droit, de gestion, de comptabilité, dont je pouvais maintenant me prévaloir. François et Clara m'avaient encouragée, prêté des livres, surpris par ma détermination. Depuis l'enterrement, je n'avais plus eu le moindre enthousiasme mais à cet instant, j'ai happé une grande bouffée d'espoir.

— Y a quelqu'un ?

Nous n'avions pas entendu le camion de déménagement arriver. J'ai enfilé ma culotte, Paul a refermé les boutons de son pantalon, remis sa ceinture et nous avons descendu l'escalier en riant.

Il a fallu choisir des meubles, repeindre des murs, faire installer un treillage pour la vigne vierge, des stores, des portes à galandage, abattre des cloisons, en remonter, maçonner des bibliothèques et des placards. On courait les magasins de décoration, comparait les nuances de peinture. Je n'avais plus le temps de penser à rien, dans le grand défilé des corps de métier, douche italienne en prévision et baignoire immense crachant des jets d'eau vigoureux et des bulles relaxantes. *On va être si bien chez nous, Louise !* Paul était détendu, pour la première fois depuis ce que les critiques avaient appelé pompeusement « sa période américaine ». Les nuits new-yorkaises… si lointaines, à l'écouter respirer, à contempler émerveillée, son profil régulier aux yeux clos dans la pénombre des chambres d'hôtel.

Le premier mois à la bastide en travaux, Paul n'a pas peint. On dormait sur un matelas à même le sol d'une vaste pièce nue. Ça faisait des années qu'il m'avait fermé la porte de sa chambre. Il ne m'y convoquait qu'à intervalles irréguliers et imprévisibles mais dans notre nouvelle maison, nous reposions côte à côte, dans le doux laisser-aller du sommeil. J'emmêlais mes jambes aux siennes. Je ne lisais plus. Neuf ans après notre rencontre, je retrouvais le plaisir de le surprendre dans l'abandon du sommeil, inoffensif, le souffle léger, presque imperceptible. Nous nous étions enfin retrouvés.

— Paul, j'ai fait mon CV ; si tu pouvais y jeter un œil ?

— Ma chérie, j'ai bien réfléchi… Je sais que tu as envie d'un enfant. Je crois que c'est le moment. Ce sera ici, la maison de notre famille.

Finalement, je n'ai plus jamais travaillé dans une galerie.

XII

J'ai découvert la crique en juin. Je me souvenais que depuis la route des pins, juste avant l'entrée de notre propriété, partait un petit chemin qui conduisait à la mer. L'agent immobilier me l'avait montré lors de notre première visite. Personne ne l'empruntait car il était impossible de se garer à proximité. On y accédait forcément à pied, depuis le plateau.

Je l'ai repéré immédiatement à la sortie du deuxième virage, sur la gauche : un sentier herbeux, envahi de ronces qu'il fallait écraser pour éviter les griffures. Les piquants hérissés, jamais foulés, se sont accrochés à mes chevilles nues et les ont lacérées. J'ai failli rebrousser chemin mais j'entendais déjà le ressac, déjà la mer si proche, que me cachaient des arbres séculaires, des chênes au torse épais, des pins au parasol déployé et des buissons secs qui se seraient enflammés au moindre craquement d'allumette. C'était tôt, une matinée de début d'été, un air tiède, parfumé de résines, et la mer toujours plus proche, cette mer-là, inconnue pour quelques instants encore ; cette mer lisse apparue soudain entre le rideau d'arbres qui s'ouvre comme pour un spectacle. J'oublie mes chevilles griffées et marche pieds nus sur le sable tendre de la crique, je cherche ensuite mon équilibre, en progressant dans l'eau, entre les rochers, avant de me jeter dans la masse liquide et fraîche. Souvenir avec sel de ma rivière perdue.

J'ai nagé vers le large, d'une brasse si fluide que j'avais la sensation de glisser sur l'eau. Habituée à résister au courant de tous mes muscles tendus, je me sentais légère dans la Méditerranée, sans entrave, avec pour seule limite la ligne d'horizon et pour seul point de repère un détail infime, un bateau lointain en passe de disparaître complètement. Bercée par le rythme du souffle et le son assourdi des bulles expirées, je ne pensais à rien d'autre qu'à mes bras en mouvement, à mes jambes accomplissant d'amples cercles. Les yeux fermés, je devinais le soleil, à l'est ; son ascension lente et régulière, à l'aune de ma propre progression. Malgré mes paupières closes, à chaque inspiration, je sentais les rayons tièdes, rassurants, sur mon visage. J'ai nagé loin, longtemps, j'ai nagé dans l'oubli du retour jusqu'à ce que la chair de poule me fasse frissonner.

Alors, j'ai rebroussé chemin et j'ai cherché la crique, la vue trouble, les yeux plissés sous les rais de lumière crue qui ricochaient contre la surface plane de la mer comme sur un miroir. J'ai eu peur. Je m'étais trop éloignée, préjugeant de mes forces, à la limite de la crampe, redoutant les formes sombres, au fond de l'eau, qui me semblaient autant de créatures voraces. Respirer... respirer doucement... flotter un moment sur le dos. Je me suis dit que si la mer m'engloutissait ce jour-là, Paul ne prendrait sûrement pas la peine de prévenir Toinette. J'ai fixé le rivage, j'ai retrouvé mon calme, accordant ma respiration à la souplesse de la brasse. La mer, finalement, m'a rejetée sur le sable. Quand le soir même, la colère de Paul a jailli de nouveau, j'ai regretté qu'elle ne m'ait pas gardée.

Pendant que je remontais péniblement de la crique, les jambes tremblantes après deux heures de nage en force, la brise a forci. Il y avait eu une accalmie depuis notre arrivée et je m'étais étonnée de trouver le plateau moins aride, l'air moins sec, de respirer des odeurs de jasmin dans le crépuscule printanier. Cette grande bastide de vieilles pierres m'avait semblé moins désolée, moins austère, moins isolée aussi, comme si la vie allait y être douce.

Mais le vent s'est levé ce jour-là, premier souffle d'une série interminable. En traversant le plateau, je me courbais pour résister aux rafales. Quand j'ai enfin claqué la porte derrière moi, j'ai appelé Paul d'une voix légère.

— Je suis au salon.

À cette simple phrase, j'ai compris tout de suite qu'à l'intérieur de la maison, le vent aussi avait tourné. Avec une froideur effrayante, il a dit : *Louise, ma femme,* en me désignant à un homme très bronzé, vêtu de lin blanc, dents trop blanches, cheveux en arrière un peu longs, trop blonds, décolorés par le sel de Méditerranée, le chlore des piscines ou des teintures effet « mèches naturelles ». Il s'est présenté comme le galeriste le plus réputé du coin, propriétaire d'un showroom immense sur le front de mer. Il avait déjà exposé les artistes les plus en vue du moment. Moi, je n'étais pas présentable, salée, décoiffée, pieds nus après avoir retiré mes sandales pour me débarrasser du sable ramené de la crique. Notre visiteur, Mikaël, qui prononçait bien sûr son prénom à l'américaine, aurait été ravi et honoré d'accueillir la prochaine exposition de Paul dans sa galerie. Il a pris congé après nous avoir invités à sa grande soirée de l'été pour que nous fassions connaissance avec tous ses amis : des artistes, des marchands d'art, un producteur américain qui venait chaque année dans sa résidence secondaire…

Dès que la porte s'est refermée, difficilement à cause des bourrasques, Paul a hurlé ; j'étais partie trop longtemps, même pas là pour accueillir un hôte de qualité et qui, en plus, allait nous faire bouffer grâce aux ventes de toiles qu'il ne manquerait pas de réaliser. *Non, mais Louise, regarde-toi, on dirait que tu débarques à peine de ta cambrousse.* Il m'a poussée jusque devant le miroir pour que je regarde en face la jeune femme qui lui faisait honte dans une robe froissée, mouillée par endroits, au contact du maillot de bain, la tête de sauvageonne sous la tignasse emmêlée. *Tu n'es pas au bord de « ta » rivière ici, avec « ta » grand-mère édentée.* Il tapait sur les dentales pour faire mal.

J'ai détesté les trois années qui ont suivi. Paul était la coqueluche de la côte ; on se l'arrachait dans les cocktails, dans les fondations d'art contemporain. On l'invitait en croisière, dans des résidences secondaires au bout du monde. *Amenez donc votre charmante épouse* ; j'étais un accessoire discret, je parlais peu, de plus en plus absente. *Au moins la tienne, elle l'ouvre pas à tort et à travers pour débiter des tissus de conneries,* disait Mikaël, qui en réalité se prénommait Michel.

Où que j'aille, dans toutes ces villas de bord de mer, j'étais accrochée au mur. Une démultiplication, dans les salons uniformes, qui me vidait de ma substance. Les coups de pinceau m'avaient arraché, au scalpel, des petits bouts de moi-même. À un moment de la soirée, la maîtresse de maison ou son mari faisait une remarque sur le tableau récemment acquis. Ils étaient tous rompus à l'exercice de la flatterie, célébrant le talent du peintre tout en étalant, l'air de rien, leur culture artistique par une saillie technique bien sentie. Des doigts experts se tendaient vers la toile pour désigner certaines parties de mon anatomie qui suscitaient plus d'intérêt que le modèle en chair et en os, matière brute que l'artiste avait transcendée. On me rappelait ma chance d'être la muse de Paul… *l'épouse de Paul*, ajoutaient les femmes, rêveuses. Je m'ennuyais avec nos « nouveaux amis », regrettant les conversations avec Clara, sa passion contagieuse pour la musique sacrée, l'Art nouveau ou les romans du XIXe ; Clara qui se confiait à moi et à moi seule. Elle habituellement si distante, déroulait soudain des pages d'enfance, avec Amélie dans le rôle-titre qui dévalait des pentes à vélo, roue arrière, qui riait aux éclats, à table, dans les repas de famille protocolaires.

Les premiers mois, je l'appelais souvent. Elle était toujours enchantée de m'entendre mais elle n'avait pas beaucoup de temps à m'accorder. Elle s'était jetée dans le travail à corps perdu. Sans cesse en déplacement pour aller évaluer des pièces rares. Son téléphone professionnel sonnait à répétition.

— Et toi, Louise ?

— Nous avons décidé d'avoir un enfant.

— Ah.

Elle n'avait rien ajouté, j'avais senti un flottement. Une désapprobation peut-être. *Tu me manques, Clara*. Elle était pressée mais elle se libérerait, promis. Elle l'a fait plus tard, de rares fois ; si peu.

Quelquefois, Mikaël organisait des virées entre hommes en Harley, il en prêtait une à Paul. C'était la liberté, je descendais à la crique la nuit avec une lampe de poche, puis je me laissais flotter sur le dos quand la lune pleine diffusait sa lueur orangée sur l'étendue sombre de la mer. J'en ai profité pour inviter Clara. Elle me disait que cette bastide venteuse et isolée lui donnait la chair de poule, alors on dormait ensemble, comme deux fillettes ou comme deux sœurs. J'avais toujours les pieds glacés. Enfant et adolescente, je les collais sur les mollets ou les cuisses de Lorine qui protestait en riant. Avec Clara, je n'aurais pas osé. Elle aimait le marché, le front de mer avec ses hôtels 1900 et la crique où je l'ai emmenée un matin. Elle s'était caché la tête sous l'oreiller, pour ne pas se lever :

— Non mais Louise, il est 7 heures !

— C'est aujourd'hui qu'il faut y descendre. Regarde, pas un souffle d'air.

Arrivée au bout du chemin, elle était restée muette. Moi, je rêvais d'une baignade nue comme les bains de rivière avec Yvan, rythmée par une brasse rapide et harmonieuse. Clara n'a pas tenu la cadence ; par moments, elle se couchait sur le dos, en planche, pour reprendre son souffle. J'étais un peu déçue mais on n'avait pas eu toute l'enfance pour se coordonner.

À chacune de ses visites, au moment du départ, je la retenais ; un dernier bain, un café, un apéritif. Elle me serrait fort avant de monter en voiture et de disparaître dans la poussière du plateau.

Je m'ennuyais à la bastide. Des semaines à rêvasser, derrière la fenêtre de l'atelier, à l'affût d'un bruit de moteur, d'une distraction menue.

Tous les mois, l'espoir : bientôt une petite poupée joufflue et bouclée mettrait de la vie dans les grandes pièces vides. Et toujours la déception entre les cuisses, la routine du sang.

Je posais à nouveau de longues heures, j'étais redevenue modèle à temps plein. Les séances étaient parfois interrompues par des visites importunes. Les femmes de nouveaux amis suppliaient Paul de leur faire visiter l'atelier. Il prenait un air affable, leur donnait son bras pour qu'elles s'y accrochent et me demandait de servir l'apéritif aux époux de ces chanceuses qui auraient droit à leur portrait. Il pouvait perdre un peu de temps pour barbouiller ces pouffiasses, comme il les désignait après les avoir chaleureusement raccompagnées. Le tableau serait vendu sans négociation possible ; même les hommes d'affaires n'osaient pas discuter le prix d'un portrait de leur épouse réalisé par un artiste si bien coté. Affaire conclue.

Je les voyais revenir de la visite de l'atelier les joues roses, exaltées de faire très bientôt le modèle, un peu gênées, comme si on leur avait mis la main dans la culotte.

— Parce que je lui ai mis la main dans la culotte, elle demandait que ça, commentait Paul.

Il se savonnait les mains quand nos nouveaux amis avaient quitté la bastide, rendez-vous pris avec la dame pour une séance de pose.

— Si tu crois que ça m'amuse, Louise, de faire la pute avec ces connasses friquées. À quoi on est réduit, nous les artistes. Tu as de la chance toi, finalement, de n'avoir aucun talent. Quand on n'a rien à vendre, on est tranquille. Mais qu'est-ce qui ne va pas, ma petite Louise ? C'est moi qui paie de ma personne et c'est toi qui fais la gueule.

J'ai hurlé. Je ne voulais pas savoir ce qu'il faisait avec ces femmes !

— Mais enfin, ma pauvre Louise, je plaisante, tu n'as décidément aucun humour.

— Au moins, quand tu payais tes modèles qui venaient poser dans l'appartement sur le fleuve, tu avais la décence de ne pas me raconter ce qui se passait derrière la porte close de l'atelier ! Je vais partir, Paul ; je vais partir.

Il y a eu un profond silence. C'était la première fois que j'envisageais une rupture à haute voix. J'ai même osé me demander si j'aimais encore Paul, ou pire, si je l'avais un jour aimé.

Une force vive qui sommeillait en moi depuis trop longtemps était sur le point de se réveiller. J'allais partir et me jeter dans les bras de ma grand-mère s'ils s'ouvraient malgré tout, malgré l'absence, pour m'accueillir. Paul a accusé le coup.

— *Si tu t'en vas, Louise, je me tuerai.* (Il s'est repris :) Si tu me quittes, je te tuerai.

XIII

Cette fois-là, je ne suis pas partie. Paul a suspendu les séances de pose, les femmes de nos nouveaux amis étaient déçues. Il a loué en secret une maison de pierre à la montagne, pour me faire la surprise. On marchait des journées entières, avec sac à dos et gros godillots. C'est moi qui choisissais le rythme, les randonnées, c'est moi qui décidais si on parlait ou si on marchait en silence. C'est moi qui choisissais les sujets de conversation : *Belle du Seigneur*, l'érosion de la passion, l'échec de l'absolu.

— Arrête, Louise, je te le jure, devant témoins, rien n'a d'importance pour moi à part nous (il faisait de grands gestes en désignant les sommets montagneux, autour de nous, en sentinelles). Je te le jure : seule la mort nous séparera !

Je ne savais pas que trois ans plus tard, sa prédiction se réaliserait. Promesse tenue.

Alors que Paul m'assurait de son amour éternel – nous étions sur un col escarpé, le vide vertigineux jusqu'à la vallée –, une envie folle a jailli en moi : je n'avais qu'un geste à faire. Il était devant moi, de dos. Un pas, un seul : tendre les bras et le pousser. « Colchiques dans les prés, fleurissent, fleurissent, colchiques dans les prés, c'est la fin de l'été. » Paul s'est tourné pour voir d'où venait le chant. Des fillettes en uniforme de louvettes marchaient en file indienne sur les derniers lacets menant au sommet.

— Tu as un air étrange, Louise.

Mon cœur cognait, match de boxe dans ma cage thoracique. Affolée, je fixais le vide sous mes pieds. J'avais failli le faire. Je ne me connaissais plus. J'étais folle, sans aucun doute. Mais je n'y pouvais rien. L'hérédité...

Le ciel pur du matin s'est chargé de nuages denses et gris au cours de la journée et nous avons terminé la marche sous la pluie : éclairs, tonnerre, torrent d'eau sur nos têtes. Paul a fait une chute dans un éboulis dont il s'est relevé, finalement indemne.

— Surtout, n'organise rien pour mon anniversaire !

C'était l'hiver, glacial, venteux évidemment et sinistre à la bastide, quelques mois après notre séjour montagnard. Je partirais. Bientôt. Je ne savais pas encore quand, mais, certains matins, cette certitude m'enivrait. Puis, toujours, sans crier gare, le doute s'insinuait. J'avais peur que Paul ne le sente, ne me devine, peur qu'il ne m'en m'empêche... Les nuits de vent, je ne dormais pas. La force m'abandonnait, je n'arrivais plus à me rassembler. Mes projets de fuite s'effilochaient. Et un matin, ça revenait, ça me prenait au ventre. Je ferais la surprise à Toinette, elle me préparerait un gâteau pour mon anniversaire, celui au chocolat, « estouffadou », disait Lorine, mais qui me remplirait tout entière, comme un concentré d'enfance.

— Trente ans, Louise, quand même !

Je ne voulais pas de cette fête grandiose que Paul ne manquerait pas d'organiser malgré mes protestations, alors j'ai moi-même décommandé le traiteur. J'ai dit : *Non ! Non ! Non !* Paul souriait en me regardant m'agiter comme un insecte aux ailes collées à un serpentin tue-mouches. *Comme tu voudras, ma chérie !* Il venait de lâcher du lest, juste un peu, détaché et magnanime. Le jour de mes trente ans, j'ai feint une migraine et je suis restée couchée. Une pluie chagrine clapotait sur les dalles de la terrasse. Il ne m'a pas souhaité mon anniversaire.

J'avais l'impression de ne rien avoir fait de cette dernière décennie, stérile comme la terre ocre et sablonneuse autour de notre maison. Pendant ces trois années, mes pensées s'étaient mises à faire des cercles concentriques autour de mon ventre infécond : le médecin n'avait rien pu expliquer. J'avais fini par consulter un spécialiste.

Au fond, je savais bien qu'un enfant de Paul ne changerait rien, mais certains jours j'y croyais encore. Je me mentais.

Et puis, c'est arrivé.

En attendant mon rendez-vous avec un expert de l'infertilité, je buvais un café sur le port.

Le vent avait faibli, je sentais le soleil du matin sur ma peau. Les touristes lève-tôt s'étiraient sur la terrasse. Je venais d'acheter des sandales de toile bleue et un chapeau de paille à large bord. J'avais menti à mon mari, je ne lui avais pas dit que j'avais consulté. Lui disait :

— Laisse faire la nature, ça viendra bien assez tôt.

— Mais Paul, ça fait douze ans que l'on est ensemble et ça fait un moment que tu ne fais plus attention.

Plus qu'un quart d'heure à attendre. Je redoutais d'entendre ce que mon gynécologue incompétent avait été incapable de diagnostiquer : stérile.

Soudain cette silhouette, de dos, sur la jetée, cette tignasse châtain… ça me coupe le souffle ; mon cœur est suspendu au mouvement de ce corps qui pivote doucement vers moi. C'est bien lui… de l'autre côté de la rue, qui ne m'a pas encore vue. J'hésite, je me lève et jette précipitamment des pièces pour le café sur la table. Nous sommes face à face de part et d'autre du passage clouté. Enfin, il me voit :

— Louise ?

— Yvan !

Tout de suite, il me parle de Paul et de ses tableaux. *J'ai vu plusieurs portraits de toi, je t'ai reconnue toute suite, Louise, la tête un peu penchée vers la droite quand tu es pensive. Incroyable ! J'ai acheté le magazine, Art(S), je crois qu'il s'appelait, ça m'a fait bizarre que tu sois sur la couverture…* Je détourne la conversation. *Orthophoniste et toi ? J'ai voyagé, tenu une galerie d'art, oh, pendant trois ans seulement. Non, un ami de Paul qui est mort : le cœur.* Il me donne des nouvelles de chez moi. *Toujours au village, j'ai retapé le moulin à eau, près de la rivière. C'est vrai, ça fait un peu loin pour aller bosser en ville, mais j'ai préféré rester à la campagne. J'espérais te rencontrer quand tu viendrais voir*

Toinette, mais jamais. Lorine ? Elle est mariée avec le fils du maire. Elle a un enfant, trois ans, des problèmes d'élocution, le petit. Oui, c'est moi qui le suis, elle habite près du cabinet. Des problèmes dans son couple, je crois. Il veut que je lui parle de moi. Il insiste. *Moi, il n'y a pas grand-chose à dire ; dans une bastide pas loin d'ici. Des enfants ? Non. Moi non plus.* J'ose *: Les amours ? Bof, rien de sérieux, ça va, ça vient. Dans cette ville ? C'est la première fois que je m'y arrête, j'étais en route pour rejoindre des amis en Italie, et j'ai eu envie de faire une pause-café sur le port.* Je m'éclipse. *J'ai un rendez-vous médical, Yvan, désolée je dois y aller.*

Tu es heureuse, Louise ?

Je secoue la tête de droite à gauche puis je pose un baiser furtif sur la bouche d'Yvan pour couper court. Je m'éloigne en agitant la main.

Attends, Louise, si jamais tu…

J'ai couru sur la route, la proposition d'Yvan s'est perdue dans le crissement des freins de la voiture devant laquelle j'ai traversé sans regarder.

Le spécialiste m'oriente vers le bureau à côté de la salle d'examen où j'ai effectué des prélèvements, quelques semaines plus tôt.

— Azoospermie ? Qu'est-ce que c'est ?

— Le liquide séminal de votre époux ne contient aucun spermatozoïde.

Le médecin développe : soit Paul est victime d'une obstruction des canaux produisant le sperme, soit il a subi volontairement une vasectomie. Maintenant, je sais. Il a pris la décision de ne pas avoir d'enfant. Je me souviens soudain d'une petite intervention qu'il avait subie peu après notre rencontre et dont je n'avais jamais su la raison. Je ne peux plus déglutir, j'ai envie de vomir, de hurler. Le médecin parle mais je n'entends plus rien. Je me lève, je marche dans les rues écrasées de chaleur, je conduis à l'aveugle, une pauvre mécanique en mouvement.

Au détour du dernier virage, cette rencontre fortuite avec Yvan prend un sens nouveau. *Attends, Louise, si jamais tu...* Et si c'était encore possible ?

Paul n'était pas là à mon retour, je suis descendue à la crique. En retrouvant le rythme hypnotique de la brasse coulée, ma respiration s'est allégée peu à peu. Quand je suis sortie de l'eau, c'était limpide, je savais exactement ce que contiendrait ma valise quand je fermerais pour toujours la porte de la maison derrière moi.

L'air tremblait de chaleur tandis que la bastide se détachait comme un mirage au loin sur le plateau.

La terre était craquelée, assoiffée, se faisant poussière sous la toile de mes sandales bleues. Sur le sol aride, je voyais l'ombre immense de mon chapeau de paille. Plus loin, sur la terrasse, les bras croisés, Paul me fixait.

— Dépêche-toi, Louise, Mikaël nous attend pour dîner. Qu'est-ce que tu as encore ? Va te maquiller, t'es blafarde, on dirait que tu as du sang de navet. Et puis, mets la robe rouge que j'ai posée sur le lit, il y aura du beau monde.

Après avoir dû trois fois de suite, comme une automate, retouché coiffure et maquillage pour satisfaire Paul, j'ai pris place derrière le volant de sa toute nouvelle voiture, *tu vas voir, Louise, elle a une de ces puissances !* Je n'avais aucune envie de la conduire mais Paul était d'humeur joyeuse et croyait me faire plaisir.

J'ai appuyé sur l'accélérateur du bout du pied et l'auto s'est retrouvée sur la route des pins, elle avait traversé le plateau d'un bond.

— Tu as vu ça ?

Un silence.

— Paul, as-tu fait une vasectomie ?

Il n'a rien répondu, pris au dépourvu. J'ai posé une seconde fois la question. Puis, il a dit oui.

— Je vais te quitter, Paul.

— Non, tu ne me quitteras jamais, Louise. Tu n'existes pas sans moi. Tu ne peux pas me quitter. Qu'est-ce que tu ferais ? En tant que modèle, tu es dans les musées, les galeries, partout. Mais en tant que femme, qu'est-ce que tu as fait ? Qui tu es ?

Il avait raison. En moi, j'ai pensé : je suis une fille de rien. Je ne savais plus ni d'où j'étais, ni qui j'étais. Je m'étais trahie. Et Toinette qui avait prétendu « avoir à faire » la dernière fois que je lui avais parlé au téléphone, pour se débarrasser de moi. Elle ne m'avait pas demandé si je viendrais la voir, si j'étais heureuse… J'étais sortie de sa vie.

— Puis, Louise enfin, tu crois vraiment que tu aurais été une bonne mère ? D'après ce que tu m'en as dit, les femmes de ta famille…

Je n'en revenais pas qu'il reste si calme. Ni excuse, ni explication. Rien.

La route des pins, la mer en contrebas, invisible derrière l'écrin de végétation méditerranéenne, mais bien là, toute proche. J'ai tourné brutalement le volant à gauche et pressé de toutes mes forces sur l'accélérateur. La voiture a quitté la route.

En finir si simplement, faire le choix d'en finir, faire un choix, un seul, enfin.

Les tonneaux, le bruit de tôle, les chocs partout : la tête, les côtes, le bassin, les bras, mon nez explosé contre le pare-brise et le cri de Paul, plus fort que tout : LOUISE ! Puis plus rien, le silence, la nuit, cette nuit si longue…

Le facteur, le lendemain matin, a appelé les secours. Il est resté près de la voiture retournée, me parlant tout doucement pour apaiser ma panique.

XIV

Un accident. J'ai signé le procès-verbal : une voiture neuve, trop puissante, un coup de volant un peu brusque dans un virage en épingle.

En rentrant de l'hôpital, j'étais d'une maigreur saisissante, le bras gauche couturé de cicatrices, rafistolé avec des broches et des vis, des hématomes en dégradé de couleurs complémentaires, jaunâtres à verdâtres, autour de mon nez refait à l'identique sous les pansements, avait promis le chirurgien. Ma cheville plâtrée me faisait souffrir, je boitillais comme je pouvais. Les côtes fracassées une première fois par les coups de Paul, quelques années plus tôt, se réparaient peu à peu, m'obligeant à modérer mes moindres mouvements. Selon l'infirmière qui changeait mes pansements, l'estafilade qui traversait mon buste à la verticale, du sein gauche à l'abdomen, cicatrisait bien. Bientôt on ne la verrait presque plus. Paul était toujours dans le coma.

Après mon hospitalisation, Clara est venue s'occuper de moi. Notre intimité était telle que j'aurais pu me confier à elle.

— Que s'est-il passé, Louise ?

Elle m'a posé la question alors que j'étais dans la douche, assise sur un tabouret de plastique, la jambe plâtrée tendue vers l'extérieur pendant qu'elle faisait couler doucement l'eau sur ma tête. Elle a tourné le robinet et a commencé à me laver les cheveux en massant avec délicatesse mon cuir chevelu.

— Comment est arrivé l'accident ?

J'ai hésité et je m'en suis tenue à ma première version : la voiture neuve trop puissante, l'accélération incontrôlée, la nuit entière coincée dans la voiture retournée, consciente, écrasée par le corps inerte de Paul, les plaies béantes. Et, dans l'habitacle, l'odeur métallique, écœurante, du sang poisseux…

Elle venait de m'apprendre pour Paul, alors je n'ai pas pu lui dire la vérité sur l'accident. Il était sorti du coma quelques jours plus tôt mais il aurait de lourdes séquelles… J'étais trop faible encore pour lui rendre visite. C'est Clara qui était allée le voir.

— Le médecin m'a prise pour sa femme en me voyant sortir de sa chambre. Il m'a dit que Paul ne marcherait plus jamais : lésion irréversible de la moelle épinière.

Elle m'a expliqué pour les sondes urinaires, les risques d'escarres, les douleurs neurologiques dans ses jambes mortes... Chaque élément resserrait mes liens à la bastide et à son propriétaire, comme le nœud coulant étrangle l'insensé qui a osé tirer sur sa corde.

Je pleurais pendant que, d'un geste très lent et léger, Clara frottait mes cheveux, mon dos, séchait mes bras en effleurant mes cicatrices.

Le ciel était d'un bleu uniforme. Le vent léger s'est maintenu quelques jours, rendant la chaleur supportable. Je claudiquais jusque sous la tonnelle, m'installais sur une chaise de fer forgé et regardais Clara, concentrée sur la taille de la vigne vierge. C'était calme : seul le cliquetis du sécateur entamait le silence. Ses gestes étaient rapides et efficaces. J'aimais la regarder réaliser, avec des gestes sûrs, une coupe élégante et harmonieuse à la chevelure de verdure au-dessus de nos têtes. Clara bousculait les états d'âme par le mouvement. Quelques jours après la mort de François, elle s'était mise à trier ses vêtements, à déplacer des meubles, à en vendre certains et à en acheter de nouveaux, elle avait repeint une chambre d'amis pour en faire la sienne. Très rapidement la maison était devenue autre, elle avait hésité à déménager mais la métamorphose des lieux lui avait finalement permis de conjurer l'absence.

Debout sur une chaise, elle coupait des branches, en attachait d'autres au treillage et finissait par arroser la vigne, en nage, dans un vieux tee-shirt « Fruit of the Loom », miraculeusement rescapé de mon adolescence. Retenues par une barrette écaille, dans une belle approximation, des mèches claires et souples échappaient souvent à leur attache et se répandaient sur sa nuque humide en s'enroulant sur elles-mêmes. Clara ne m'avait jamais semblé si jeune, démaquillée, décoiffée, son vernis écaillé.

Elle me cuisinait des plats nourrissants, des gratins crémeux, des gâteaux pur beurre dont elle me servait de larges parts que je peinais à avaler. On parlait peu. Souvent, surprenant son regard égaré, je devinais que les accidents de ma vie la ramenaient forcément aux siens. Je tendais alors mon bras valide de l'autre côté de la table pour toucher sa main. Elle me souriait.

Un soir, on s'est soûlées, des petits rhums cul sec, un alcool vieux, fort et hors de prix que Paul gardait pour je ne sais quelle occasion. Un zeste de citron vert et hop ! À chaque gorgée, on s'ébrouait comme des chiens mouillés, en jetant la tête en arrière. Les douleurs se diluaient dans l'ivresse. On riait en cascade, le corps secoué de spasmes, l'une relançant l'autre, quand le rire s'atténuait. On riait en trinquant, cyniques, à nos morts, à nos ratages, à cette garce de vie qui se foutait de notre gueule… On riait aux larmes, des larmes qui bientôt n'étaient plus de joie, même plus d'un semblant de joie. Des larmes, dans le silence revenu, qui nous avaient cueillies au cœur de l'ébriété sans crier gare et qui nous consolaient quand même un peu, puisque nous les partagions.

La nuit, des cauchemars ou des douleurs violentes me réveillaient. Clara me rassurait, me donnait un cachet, se couchait dans mon lit. Je finissais par me rendormir en écoutant sa respiration régulière. Je ne voulais pas qu'elle parte.

— Je dois rentrer chez moi, tu le sais. Je ne peux pas m'absenter plus longtemps. J'ai une grosse vente à organiser.

Les deux derniers jours, elle est redevenue professionnelle, froide et précise au téléphone, parfois sèche avec certains interlocuteurs : *le catalogue est prêt ? Qui a évalué l'armoire Louis Philippe, bon sang ?*

Tout était sous contrôle : l'infirmière qui venait deux fois par jour, la femme de ménage que Clara avait recrutée après s'être assurée de son efficacité. Mon amie avait inspecté chaque pièce, sans gêne, alors que je restais, les yeux baissés, avec la candidate qui ne savait pas quoi faire en attendant le verdict. Clara était une patronne. Je ne le serais jamais.

Elle avait aussi tout prévu pour Paul. Un chauffeur de taxi viendrait me chercher un jour sur deux dès la semaine suivante pour que je puisse aller le voir. Jusqu'alors, j'avais toujours prétendu ne pas avoir la force de me déplacer.

Le dernier matin, Clara est sortie de la bastide comme elle y était entrée deux semaines plus tôt : chignon impeccable, ongles limés et fraîchement vernis, tailleur, talons. Deux heures plus tard, elle serait en réunion. Moi, je resterais seule avec mes douleurs, mon sommeil chaotique, ma démarche cahotante et des bouffées d'angoisse à l'idée du retour prochain de Paul.

Je passais des nuits blanches, le corps broyé, mêlant mes gémissements solitaires à ceux du vent. *Toinette, Toinette, Toinette.* Je murmurais son nom dans le noir. Formule magique inefficace.

Un jour sur deux, je me rendais en taxi au centre de rééducation. Paul ne me parlait pas. Chaque fois, je redoutais le verdict du médecin : « Ça y est, il peut renter à la maison. » Inévitablement, la phrase a été prononcée.

Un matin, l'ambulance est apparue sur le plateau. Un des deux hommes a déplié le fauteuil et a laissé Paul effectuer son transfert comme il s'y était entraîné chaque jour de sa convalescence. Nous avons regardé le véhicule s'engager sur la route des pins. Seuls, ensemble, à nouveau. Liés à jamais par ma folie et par ma faute.

— J'ai faim. Qu'as-tu préparé pour le déjeuner ?

Panique. J'avais oublié le rôti, premier ratage d'une fatale série. Je me suis brûlée en sortant du four le plat qui m'a échappé des mains. À quatre pattes dans la cuisine, je ramassais péniblement les petits pois qui avaient roulé jusque sous les meubles. *Louise ! Que fais-tu ?* J'ai entendu l'injonction qui serait le leitmotiv de nos dernières années de vie commune : *Louise, pousse mon fauteuil !* En claudiquant le plus vite que j'ai pu, je suis allée chercher Paul, les dents serrées, pour le conduire à table avec mon bras encore meurtri.

XV

Silence sur l'accident. Paul ne l'a jamais évoqué mais il suffisait d'un seul de ses regards, le chant des sirènes qui m'avait ravie dans la boulangerie douze ans plus tôt, un seul regard dur et fixe de ces yeux-là, pour me faire ployer l'échine ; une condamnation chaque jour recommencée : Coupable !

Les premiers temps, les visites se sont succédé, les nouveaux amis compatissants ou feignant de l'être, charognards en quête de détails excitants : la nuit, le sang, la désincarcération, l'hôpital, les opérations de l'un et de l'autre… Comme nous ne les satisfaisions ni l'un ni l'autre, avares de détails, le malaise finissait par s'installer. Le silence dans la bastide, le vent contre ses flancs, nos deux visages fermés, pour l'heure au diapason, les chassaient rapidement après de vagues promesses de visites que la plupart n'honoreraient pas.

On reviendra, si vous avez besoin de quoi que ce soit, n'hésitez surtout pas.

Paul baragouinait un *pas la peine* dissuasif, puis *je ne vous raccompagne pas*, assorti d'un sourire sarcastique qui aurait découragé une dame patronnesse en mal de bonnes actions.

Mikaël a débarqué le lendemain du retour de Paul avec un architecte de ses amis et une substantielle cotisation de tous les copains, comme il l'a précisé en agitant fièrement une grosse enveloppe de cash, pour faire construire chez nous un ascenseur intérieur.

Un tube transparent a poussé en quelques jours dans le hall majestueux de la bastide. Pendant toute la durée des travaux, Paul n'est pas sorti de son atelier transformé en chambre de fortune et en salle à manger où je lui livrais son plateau-repas. Quand il a fini par quitter son antre, il a seulement constaté :

— Qu'est-ce que c'est moche !

Mikaël a été vexé. Sur le point de faire une réflexion cinglante, il s'est retenu in extremis, parce qu'on ne peut pas tout se permettre avec un handicapé. On accepte ses humeurs, ses regards méprisants, son ingratitude. On ne le quitte pas non plus.

— Peut-être, mais c'est pratique.

Paul n'a rien rétorqué à Mikaël ; de ses bras vigoureux, il a poussé lui-même son fauteuil dans le tube, a appuyé sur le bouton. On a entendu une voix mécanique avec un fort accent chinois quand il est arrivé à destination : *Prémiérétaaage*.

On a attendu qu'il redescende, plantés devant l'excroissance de verre. Rien n'est venu. J'ai finalement appelé l'ascenseur : *Rédéchausséeee*, a dit la voix quand la porte s'est ouverte sur l'habitacle vide. Paul était allé s'enfermer dans sa chambre. Mikaël était dépité face à mon silence, à l'ingratitude de son artiste et à l'ascenseur qui n'avait pas tenu ses promesses. Qu'espérait-il ? Une reconnaissance éternelle pour ce pis-aller pitoyable, ce substitut grotesque des jambes mortes du peintre. Nous sommes restés côte à côte, sans nous regarder. Il se dandinait en se demandant sûrement comment prendre congé. J'entendais sa respiration sifflante de fumeur, je devinais la chemise griffée tendue sur son estomac d'homme richement nourri, les poches noirâtres sous ses yeux de fêtard, les auréoles qui ne manquaient jamais d'apparaître sous ses aisselles odorantes, eût-il changé de vêtement plusieurs fois par jour.

— Eh ben Louise, je vais y aller. (Silence.) Tu crois que l'exposition à la fondation Miers va être maintenue ? (Silence.) Il faut vraiment qu'on la fasse… Ça lui changera les idées… J'ai déjà envoyé l'invitation à tout mon listing.

Silence encore.

L'attitude de Paul l'avait contrarié et maintenant, je le laissais s'engluer avec un misérable petit plaisir, comme si je crachais à jets minuscules sur son costume blanc, son bronzage orangé et sa belle assurance d'homme heureux.

Mikaël était à l'origine de cette exposition qui ferait en quelque sorte de lui l'agent officiel de l'artiste. Aussi redoutait-il qu'elle n'ait pas lieu. Alors, avec une certaine jubilation, je me suis avancée, pour l'assommer.

— Désolée, Mikaël, mais je crains que pour l'instant, il ne soit pas en état d'honorer le moindre engagement.

Visage blême sous son hâle artificiel. Envolée pour quelques minutes, sa joyeuse humeur, qui rendait, selon Paul, sa compagnie acceptable. Je ne savais pas s'il craignait pour ses finances ou sa réputation, mais cette déconvenue était un coup de canif dans une toile de maître. Je lui ai adressé un sourire navré en le raccompagnant à sa voiture de course, si basse et étroite qu'il a dû se contorsionner pour faire rentrer sa bedaine récalcitrante derrière le volant. Pensant retrouver un peu de la superbe que lui avait fait perdre l'échec de l'ascenseur et de l'exposition, il a démarré en trombe. La poussière du plateau est entrée dans mes yeux et mon nez ; et dans ma bouche quand je l'ai entrouverte pour marmonner : *quel gros con !*

Dès qu'il entendait le bruit d'un moteur sur la route des pins et qu'on voyait un véhicule s'engager sur le plateau, Paul hurlait :

— Fais-les dégager, Louise.

Paul avait mal dormi, Paul peignait, Paul attendait le kiné, Paul se reposait… Au début, je cherchais des excuses. Les amis hochaient la tête, compréhensifs, compatissants.

— Paul n'a envie de voir personne.

Voilà, c'était plus simple, radical, décourageant. Certains insisteraient, tenteraient vainement de téléphoner, passeraient encore à l'improviste avant de renoncer. D'autres ne reviendraient jamais. Chaque visite faisait entrer dans la bastide des miettes du monde extérieur, comme au parloir. Les nouvelles du dehors ne me concernaient pas. C'était l'eau vive d'une rivière où je ne nagerais plus. J'étais anéantie par la sentence. Condamnée là à perpétuité.

Au bout de quelques mois, nous avons été débarrassés des fâcheux. *Enfin tranquilles !* disait Paul. Je faisais *hum, hum* en hochant faiblement la tête. Le médecin de loin en loin, le kiné une fois par semaine et le reste du temps, personne. Des journées de vent, enchaînées les unes aux autres, des journées de pluie qui l'enrageaient en le privant de lumière, des journées de pose infinies dans l'atelier où je me voyais crever d'ennui ou de douleur, figée dans des postures inconfortables.

Un jour où la matière lui résistait, Paul a hurlé de colère. Alertée par ses cris, la femme de ménage que Clara avait si scrupuleusement sélectionnée pour m'aider s'est précipitée dans l'atelier. Quand elle a demandé à mon mari si tout allait bien, il a vociféré : *Mêlez-vous de vos affaires ! Foutez-moi le camp !*

Elle n'est plus jamais revenue. J'ai essayé de lui téléphoner à plusieurs reprises mais elle a ignoré mes appels, mes excuses et finalement mes inutiles supplications. *On n'a pas besoin d'elle, Louise ! Tu peux très bien t'occuper de la maison. Vu la situation, il n'est pas question que tu travailles, à l'avenir.*

Clara nous a rendu visite, spectatrice de notre comédie. Paul se sentait mal ; il fallait que je masse ses jambes grêles, que je le veille, que je lui fasse la lecture, la nuit, que je lui parle pour le distraire de ses douleurs. Le lendemain, que j'aille chercher sans tarder des toiles d'un format inhabituel, des pigments d'une marque nouvelle. *Clara restera avec moi, elle me tiendra compagnie pendant que tu descends en ville.*

Quand, de retour des courses, je me posais enfin avec mon amie sur une chaise de jardin, il m'appelait : *Louise, je suis désolé mais j'ai vraiment besoin de ton aide.* Je devais l'aider pour sa sonde. *Je ne sais pas pourquoi mais aujourd'hui, je ne parviens pas à la placer tout seul. J'ai des tensions dans les épaules. Allez, pousse mon fauteuil ! Puisque je n'arrive à rien, même pas à peindre, je vais venir discuter un peu avec vous.* Clara ne disait pas un mot, froide, distante, observatrice. Elle n'est pas restée toute la semaine, comme c'était prévu. Au moment de partir, elle a réussi à me coincer dans la cuisine. *Tu n'es pas obligée de supporter ça !* J'allais lui répondre que si. Je n'avais pas le choix. C'était peut-être une rançon monstrueuse pour un instant de folie… Paul a cogné mon mollet avec la roue de son fauteuil. Je ne l'avais pas entendu arriver. *Alors, Clara, tu écourtes ton séjour ? Ce n'est pas drôle tous les jours, ici, hein ? Heureusement que j'ai Louise. Je ne sais pas ce que je ferais sans elle.*

Je suis devenue sa femme de tout et de tout le temps, sa femme d'intérieur, sa femme de ménage, sa femme modèle, sa femme exutoire, défouloir… Son sac de frappe, le réceptacle d'une colère intermittente ou l'objet d'une obsession effroyable quand il s'est mis à reproduire à l'infini, des semaines durant, un même tableau de moi, marchant sur le plateau, en sandales bleues, sous mon chapeau de paille, l'air tremblant de chaleur et la terre assoiffée qui se fissurait… Sa dernière image de moi, le jour de l'accident, alors que je revenais de la crique et que Paul était encore planté sur ses deux jambes.

Séance tenante, il fallait que je pose, que je délaisse l'aspirateur, le dîner en cours, la lecture qu'enfin je m'autorisais à la tombée du jour. *Louise, déshabille-toi, vite, plus vite, je crois que je tiens quelque chose !* J'étais immobile, nue. Dans le miroir en pied de l'atelier, je découvrais malgré moi mon corps décharné, mes cicatrices encore enflammées ; la balafre rougeâtre qui striait mon flanc ne s'était pas encore estompée. Elle me brûlait, me démangeait, séquelle lancinante et honteuse de l'accident par lequel j'avais sabordé mon évasion. Marque indélébile de ma folie et de mon infamie. Je plaquais mes bras le long de mon buste pour la dissimuler, mais toujours, Paul me demandait de les écarter. Il me surnommait « la fiancée de Frankenstein », m'obligeait à me mettre de profil. Son sourire forcé lui faisait une plaie effrayante au milieu du visage. Je m'exécutais. Il était concentré mais je savais que les poses qu'il m'ordonnait de prendre n'apparaîtraient jamais sur la toile. Il me fixait sans me voir, reproduisant comme une malédiction, comme un cauchemar familier, ma silhouette au chapeau de paille et aux sandales bleues traversant résolument le plateau pour lui voler ses jambes.

XVI

Je débarque dans la cuisine, toute chiffonnée ; aux pieds des mules ridicules avec des pompons virevoltants, une vieille chemise de nuit mauve à bretelles fleurant la naphtaline. Je me demande comment j'ai pu, jeune fille, m'affubler d'une telle tenue, même à la maison. Un instant, je me vois encore avec les yeux de Paul. Mais Paul est mort. Je me laisse tomber sur une chaise en paille dépenaillée, face à la fenêtre, la place que j'occupais enfant, devant la table de formica où Toinette posait le chocolat chaud et les tartines de confiture qui coulait le long du menton. Maman m'appelait petit vampire et léchait à grands coups de langue les traînées rouges aux commissures de mes lèvres. Toinette n'aimait pas. *Arrête ça, Mona, c'est sale !* Ma mère riait et continuait exprès. C'était sa petite vengeance contre le regard étriqué de Toinette, contre l'enfance gluante d'ennui, contre les coudes qui collent à la toile cirée lavée d'un geste rapide avec une éponge malpropre. Elle me disait, *tu verras, ma Loulou, un jour on partira toutes les deux, on habitera dans une maison pleine de soleil, c'est trop sombre ici. Il y aura la mer, il y aura le sable pour les châteaux et les churros tout chauds qu'on achète dans des petits camions bariolés.*

Mais après, il y avait eu la maladie. Elle m'avait emmenée à la plage un dimanche mais c'était la canicule, c'était loin, on n'avait pas pu rester sur le sable brûlant, ni manger de beignets parce qu'elle s'était mise à vomir en sentant les relents d'huile qui saturaient l'air étouffant. Un dernier regard sur le ballet des parasols multicolores, dont les franges dansaient sous le vent et il avait fallu repartir. Maman s'arrêtait sur le bas-côté pour rendre de la bile. Je soulevais les mèches de sa perruque pour ne pas qu'elle la salisse. En rentrant, elle me la prêterait et je me déguiserais en femme en enfilant sa robe à bretelles rouges et ses escarpins à talons.

Je ne bois plus de chocolat chaud depuis longtemps. J'aime cette odeur d'enfance pourtant, mais le lait entier et tiède me pèse sur l'estomac comme une chape de plomb. Je le dirai à Toinette une autre fois. En attendant je me force à finir malgré une légère nausée. Je revois maman, la tête au-dessus de la cuvette, la dernière nuit, des filets de bile sur son menton. *Va te coucher, Louise*, disait Toinette mais je ne voulais pas. Quand l'écume au coin des lèvres de maman était devenue rouge, j'avais compris que l'ennemi gagnait du terrain. Dès le début de sa maladie, elle s'était mise à employer un lexique guerrier ; il allait falloir se battre, mais elle allait remporter la bataille. J'étais impressionnée par ces mots belliqueux, même si je me demandais où elle pouvait bien cacher les armes dans ce corps si fragile.

Au matin, le vieux médecin de famille était venu, il avait écouté le cœur de maman. Il avait regardé le contenu de la bassine puis avait demandé à Toinette de le suivre. Maman avait fermé les yeux, elle dormait en gémissant doucement. Sur la pointe des pieds, je m'étais approchée de la cuisine. Je savais ce qu'il allait dire : la guerre était perdue.

Alors Louise, tu le finis ce chocolat ? J'avale cul sec le liquide tiède. Elle hoche la tête, contente de remporter le bol et l'assiette à tartines vides.

Elle part rendre visite au père Bru, le maçon de la bergerie. Deux fois par semaine, elle lui prépare le repas. Ça fait rentrer trois sous. Je lui fais un petit signe depuis la fenêtre de la cuisine avant qu'elle referme le portillon et qu'elle mette en branle sa vieille machine rouillée sur le trottoir matinal.

Je vais de pièce en pièce et j'inspecte tout, j'ouvre les tiroirs, les placards, les armoires, en quête d'odeurs oubliées. Je déplie les vêtements, les robes démodées de maman, la rouge à bretelles qui me plaisait tant et que j'assortissais avec des sandales de la même couleur, dont je connais le nom maintenant : vermillon. J'explore même les malles du grenier, j'en sors la robe de mariée grisâtre, que nous avons salie et déchirée par endroits dans la fougue de nos jeux d'enfants, et un album de famille, d'avant ma naissance, d'avant maman. Sur l'une des photos, Toinette est une communiante au regard grave fixé sur l'objectif, trop sérieuse pour son âge, à côté d'une femme en noir, mon arrière-grand-mère, l'œil dans le vague, ailleurs.

Quand le bus de ramassage scolaire passait devant l'asile, les collégiens collaient le nez sur la vitre pour tenter d'apercevoir les cinglés qui déambulaient dans le parc :

— Vous savez que c'est là qu'a fini l'arrière-grand-mère de Louise !

Yvan et Théo leur hurlaient de la fermer, il y avait des bagarres et toujours le silence de Toinette, quand je rentrais le soir et que j'en parlais :

— Elle était folle ta mère ? Dis-le-moi ! C'est vrai ?

— C'est vrai, ma Loulou, a-t-elle reconnu finalement, de guerre lasse. On l'a enfermée chez les fous peu après ma communion. Déjà juste après ma naissance, elle m'a oubliée dans mon berceau. Toute une journée sans manger ! Elle était assise face à la fenêtre quand mon père est rentré. Elle a dit qu'elle ne pouvait plus entendre les cris, elle s'était mis du coton dans les oreilles. *Si je vais dans la chambre du bébé, je lui écraserai un coussin sur la tête pour le faire taire.* Voilà ce qu'elle a dit. C'est mon père qui a choisi le prénom d'Antoinette, *ça fait chic*, il disait. Elle, elle avait pas d'avis, elle disait le bébé, puis la petite, pour parler de moi. Le médecin pensait que ça passerait, ça arrivait cet état après l'accouchement. Elle restait assise des heures sans s'occuper de nous. Mon frère, qui n'avait que six ans, a dû apprendre à me préparer le biberon. Puis, les crises ont commencé, des hurlements comme si elle voyait le diable dans la pièce. Les voisins se plaignaient des cris, les gendarmes sont venus plusieurs fois. Le médecin lui faisait une piqûre, après elle était comme une loque, à baver, la tête de côté. La communion, c'est la dernière photo d'elle. Un jour, en rentrant de l'école, j'ai trouvé la maison dévastée : elle avait cassé tous les verres, toutes les assiettes, arraché les rideaux, elle voulait détruire la baraque entière ; je l'ai cherchée partout mais elle n'était ni dans son lit, ni nulle part ailleurs. *Ta mère est dans une maison où on va la soigner, Toinette.* Mon père n'a rien ajouté. J'ai mis longtemps à savoir qu'il parlait de l'asile pour les malades dangereux, une vieille bâtisse, au fond d'un parc, qu'on voyait de la route. J'ai demandé à lui rendre visite mais ça n'a jamais été possible. Soit on la faisait dormir, soit il fallait l'attacher pour contenir sa folie.

Je tourne les pages de l'album et je prends mon enfance de plein fouet : maman attendrie avec son bébé dans les bras, maman qui rit en me portant sur le dos, maman qui tente de sourire en me tenant par la main, les cheveux anormalement clairsemés.

— Louise, t'es là ?

— Je descends, Toinette, je suis au grenier.

— T'as toujours aimé t'enfermer là-haut. (Elle rit.) Et les petits du village aussi ; comment il s'appelait le blondinet tout pâlichon ? Oui, Théo ! J'avais envie de lui faire boire du jus de viande rouge à celui-là ! Et ta Lorine ! Elle a été peste avec toi, hein, celle-là. Elle t'a fait enrager plus d'une fois comme sa mère faisait maronner la tienne quand elles allaient à l'école ensemble. Telle mère telle fille. Tu sais qu'elle s'est mariée avec le fils du maire, qu'elle est partie en ville et…

— Oui, je sais tout ça. Il y a trois ans, j'ai croisé Yvan, sur le port près de ma bastide. Et il m'a donné des nouvelles de Lorine et du village. Il m'a dit qu'il avait restauré le vieux moulin, aussi.

Toinette me sonde en plissant son front qui se froisse comme du papier crépon.

— *Si c'était il y a trois ans, tu ne sais pas que Lorine a divorcé alors ? Elle est même revenue chez ses parents. Mais, tu sais, Louise…*

Elle est coupée par une sonnerie aiguë et prononce de nouveau la phrase qu'elle disait toujours quand le téléphone sonnait, que ce soit le matin, l'après-midi ou le soir : qui peut bien appeler à cette heure-ci ? Je souris.

— Louise, c'est pour toi.

XVII

C'était une convocation au commissariat.

Je n'ai pas dormi, cette nuit ; chaque fois que mes yeux se fermaient, je voyais la bastide éclairée de l'intérieur, d'une lumière fauve et brûlante. J'avais beau mettre l'oreiller sur ma tête, j'entendais le grondement du vent mêlé à la respiration monstrueuse du feu, contenu pour quelques instants encore par les murs de la bâtisse… Je m'approchais et soudain, l'explosion.

J'appuie mes poings sur mes yeux clos mais c'est peine perdue. De grandes flammes surgissent derrière mes paupières, des langues incandescentes et démentes, s'échappant par les fenêtres aux vitres explosées, s'enroulant autour de la maison et s'élançant vers le ciel quand le toit s'effondre dans un fracas déchirant.

Finalement, je suis descendue à la cuisine et j'attends, en buvant un mauvais café, l'heure du départ pour le commissariat. Je me répète encore et encore les réponses que je devrai donner, imperturbable, comme me l'a montré Clara. Ne pas se précipiter, ne pas anticiper, faire mine de fouiller dans le pêle-mêle de la mémoire, se représenter un paysage mental apaisant : une plage vide qu'une mer étale vient doucement caresser de la frange claire de son écume. Ma crique au sable fin dans la quiétude d'un matin sans vent.

J'en ai pour deux heures de route, je vais finir par être en retard mais je reste à la table de la cuisine, devant un dernier café que Toinette m'a servi d'autorité avec du lait entier. Je repousse la peau blanchâtre avec ma langue avant de boire et je me décide finalement à partir. Quand je dis au revoir à Toinette, je la serre trop fort.

— Tu m'étouffes, Louise ! Tu vas revenir, hein ? Qu'est-ce qui va pas, dis-moi ?

— Je te raconterai à mon retour, promis.

J'ai envie d'ajouter : si on me laisse revenir…

— Tu l'as pas tué, dis ma Loulou ?

Trois petites lettres en guise de réponse.

XVIII

— Vers quelle heure avez-vous quitté le domicile conjugal le 5 août ?

— J'ai quitté la bastide vers… 11 heures ou un peu avant, moins le quart peut-être ; comme je l'ai déjà dit à vos collègues le jour de l'incendie, j'avais rendez-vous avec mon amie Clara Détri pour le déjeuner. J'avais cent kilomètres à faire.

— Vous la voyez souvent ?

— Non, rarement justement. Surtout depuis l'accident ; j'hésite à laisser mon mari seul dans cette maison isolée une journée entière. Je veux dire, j'hésitais…

— Diriez-vous que votre mari était comme d'habitude le matin du 5 août ?

— Je ne sais pas, je n'ai rien remarqué de particulier. Il ne souffrait pas spécialement, il m'a encouragée à aller me changer les idées et à passer la journée avec Clara.

— À vous changer les idées ? Que voulez-vous dire par là ?

— C'est-à-dire que je lui consacrais beaucoup de temps et qu'il trouvait normal que je prenne un peu de temps pour moi.

— La situation vous pesait donc ?

— Non, enfin un peu bien sûr, mais c'est surtout pour Paul que c'était difficile. On a toujours été très fusionnels, j'aimais être avec lui.

— Il vous arrivait de vous disputer ?

— Non, nous nous entendions très bien. Je ne dis pas, il a pu y avoir des petites disputes, mais rien de sérieux.

— Vous n'avez jamais envisagé de le quitter ? Une femme jeune, enfermée dans une bastide isolée avec un handicapé…

— Qu'est-ce que vous voulez dire ?

— Rien. Depuis quand ce rendez-vous avec votre amie était-il prévu ?

— On avait du mal à prévoir longtemps à l'avance. J'ai dû annuler plusieurs déjeuners à cause de l'état de Paul, il a des douleurs certains jours, enfin il avait et… excusez-moi.

— Vous voulez faire une pause ?

— Non.

— Votre mari était-il impuissant ?

— Oui.

— Comment viviez-vous cette situation ?

— On se… On se débrouillait.

— Aviez-vous une raison particulière de rendre visite à madame Détri ce jour-là ?

— Clara m'avait proposé de venir car il y avait un vernissage dans sa galerie, enfin dans la galerie que j'ai tenue et qu'elle a revendue à la mort de son mari. Elle savait que j'aimais beaucoup l'artiste exposé.

— À quelle heure êtes-vous arrivée en ville ?

— Il n'y avait pas de circulation, j'ai dû arriver à midi et… je me suis garée près du fleuve, dans le quartier où se trouve l'appartement où nous avons vécu avant d'acheter la bastide.

— Où avez-vous retrouvé Clara Détri ?

— Dans un petit restaurant thaïlandais, Les Délices d'Orient, qui donne sur le fleuve.

— Avez-vous parlé de votre mari avec Clara ?

— Évidemment, nos maris étaient très amis et…

— Vous dites, nos maris, Clara n'était pas amie avec votre époux ?

— Si, bien sûr, mais Paul avait connu François et son frère Antoine quand ils étaient enfants. Ils étaient inséparables tous les trois.

— Paul voyait toujours Antoine ?

— Non, Antoine est parti en Australie il y a une vingtaine d'années. Il y a monté une entreprise dans le bâtiment. Il n'a même pas pu venir pour les obsèques de son frère, il avait eu un accident sur un chantier, je crois. D'après ce que m'a dit Clara, il était lui-même hospitalisé au moment du décès. J'en ai seulement entendu parler. Je ne l'ai jamais rencontré.

— Madame Clara Détri m'a dit que son beau-frère lui avait rendu visite récemment, le mois dernier, est-il venu vous voir ?

— Non.

— Votre mari a-t-il su que son ami d'enfance était en France et qu'il n'était même pas venu lui rendre visite ?

— Il l'a su, oui. Antoine avait des choses à régler suite au décès de ses parents, il a fait un voyage éclair. Il n'est resté qu'une semaine.

— Paul a-t-il été affecté de ne pas le voir ?

— C'est possible, mais il n'en a rien dit. Et puis, ils ne s'étaient pas vus depuis si longtemps.

— Donc, le 5 août, vous quittez la bastide à 11 heures, vous retrouvez madame Détri à 12 h 30 pour déjeuner. Et après le restaurant ?

— Comme le vernissage ne commençait qu'en début de soirée et que Clara avait du travail, je suis allée au cinéma, à la séance de 16 heures, voir *Au pied du mur.*

— Quand avez-vous retrouvé madame Détri ?

— Je suis arrivée avant elle au vernissage, elle était en retard, mais elle m'a rapidement rejointe.

— Vous vous souvenez de l'heure ?

— J'ai dû arriver vers 19 heures et Clara à peine un quart d'heure plus tard.

— À quelle heure avez-vous quitté la galerie ?

— Vers 21 heures environ, j'étais garée assez loin et je ne voulais pas laisser Paul tout seul trop longtemps.

— Et ensuite ?

— J'ai déjà raconté tout ça à votre collègue. En arrivant à ma voiture, j'ai constaté qu'un des pneus était complètement à plat. Comme je n'avais jamais changé une roue, j'ai eu l'idée d'aller sonner chez Christian Perrol, un de nos amis qui habite près du fleuve. Il est venu m'aider. Ça a pris un peu de temps parce que les écrous étaient grippés. Une fois la roue de secours en place, Christian est rentré chez lui.

— Et quelles relations entretenez-vous avec ce Christian Perrol ?

— Quelles relations ? Je ne le connais pas très bien, je le voyais parfois à des fêtes chez François et Clara quand je vivais encore dans la même ville qu'eux, mais rien de plus.

— Vous avez prévenu votre mari ?

— Oui, je l'ai appelé avec mon téléphone mobile, quand le pneu a été changé, vers 22 h 15.

— Comment allait-il ?

— Ça allait mal, il avait recommencé à souffrir. Des douleurs neurologiques. Et il s'inquiétait pour moi parce que j'allais rouler avec la roue de secours que l'on n'avait pas fait vérifier. Il s'inquiétait toujours depuis l'accident quand j'étais au volant. Il m'a dit : *prends bien soin de toi*, je m'en souviens, j'ai trouvé la formule étrange, solennelle.

— Êtes-vous certaine qu'il a dit exactement : *prends soin de toi* ?

— Oui, certaine.

— Vous savez que, d'après l'expertise, l'incendie a été déclenché aux alentours de 22 h 30, 22 h 45 ?

— Non, on ne m'avait pas dit l'heure.

— Votre mari avait-il la voix d'un homme qui s'apprête à mettre le feu à sa maison ?

— Je ne sais pas quelle est la voix d'un homme qui s'apprête à faire ça.

— Donc après le coup de fil, vous avez pris la route ? Vous souvenez-vous à quelle heure ?

— Je me souviens que Christian a regardé sa montre et qu'il a dit qu'il était déjà 22 h 20, au moment où on s'est dit au revoir.

— Bien, racontez-moi votre arrivée à la bastide.

— J'ai roulé vite, j'ai dû mettre moins d'une heure pour rentrer. Quand j'ai quitté la route des pins pour m'engager sur le plateau, j'ai eu l'impression que la bastide était… illuminée. Puis… excusez-moi… j'ai compris qu'elle était en flammes… j'ai… j'ai accéléré, je ne pensais qu'à Paul. Les flammes sortaient par les fenêtres et tout à coup, il y a eu un bruit énorme. Le toit s'est effondré et le feu est monté vers le ciel et…

— Et vous n'avez pas appelé les pompiers, à ce moment-là ?

— Non, j'avais laissé mon téléphone dans la voiture. J'ai couru à toute allure vers la maison en appelant Paul, j'espérais qu'il aurait eu le temps de sortir. J'étais paniquée.

— Au bout de combien de temps finalement vous êtes-vous décidée à les appeler ?

— Je ne sais plus. J'ai hurlé de toutes mes forces. Quand j'ai vu que Paul ne répondait pas, j'ai essayé d'entrer dans la maison, mais impossible… il y avait des flammes partout… C'est à ce moment-là que je suis allée chercher mon téléphone dans l'Audi. Les pompiers sont arrivés très vite.

— Bon, je crois qu'on en a fini pour aujourd'hui. Une dernière chose : comment expliquez-vous que le corps ait été recouvert d'une bâche ?

XIX

Clara m'a promis qu'elle viendrait m'attendre, dans une petite rue, derrière le commissariat. Le soleil d'août déjà brûlant me cogne au visage. Je plisse les yeux le temps de m'accoutumer à la luminosité cinglante. Quelques secondes avant qu'elle-même ne me voie, je la reconnais, appuyée contre sa voiture, fumant, le regard dans le vague. Son chignon complexe ne laisse pas échapper la moindre mèche dissidente. Je lui fais signe, elle me rend mon salut d'un geste rapide.

— Viens, on va boire un verre face à la mer. (Elle m'ouvre la portière passager.) Je te ramènerai à ta voiture après.

On s'installe sur le port, à la terrasse du bar où j'étais assise, trois ans plus tôt, quand j'ai vu Yvan de l'autre côté de la route, sur le front de mer. Il est 9 h 30. Les touristes font encore la grasse matinée. Mon chemisier est plaqué à mon dos humide mais je respire. Elle avait raison. L'interrogatoire s'est bien passé. Ils n'ont rien contre moi.

— Ils ont vérifié les enregistrements de vidéosurveillance : j'ai passé le dernier péage à 23 h 25. J'avais hésité à prendre l'autoroute parce que ça fait faire un détour, c'est plus long que par la nationale mais…

— Louise…

— Je ne me suis jamais sentie en sécurité, la nuit, sur les petites routes et…

— Louise, je crois qu'il vaut mieux qu'on ne se voie plus.

— Oui, tu as raison, au moins jusqu'à ce que l'enquête soit bouclée. Mais je te l'ai dit, il n'y a aucune raison de s'en faire. Le commandant ne m'a pas retenue longtemps.

— Non, Louise, je ne veux plus te voir. Jamais.

— Mais pourquoi ?

J'ai presque crié.

— C'est comme ça, il faut que tu passes à autre chose. N'insiste pas.

Je fixe son beau visage à peine changé en quinze ans, la ride du lion légèrement marquée. Pour la première fois, elle m'adresse ce regard distant qui lui a valu la réputation de femme froide.

Insister, pleurer, supplier, à quoi bon… Je le comprends devant le mur invisible que Clara, étrange sorcière, a fait surgir entre nous en un battement de cils, comme une forteresse de glace qui me fige le sang.

Elle termine son café, coince un billet de cinq euros sous le cendrier, se lève, défroisse son pantalon de lin, regagne sa voiture sans se retourner. Je marche derrière elle, au bord du vide, des vagues de chagrin refluant jusqu'à ma gorge.

Elle me laisse pleurer en silence sur le siège passager de sa voiture en me ramenant à mon Audi, comme si nous ne nous étions jamais blotties l'une contre l'autre, les nuits venteuses, à la bastide. Comme si elle n'avait jamais séché mon corps accidenté avec douceur, comme si elle n'avait pas patiemment coiffé mes cheveux emmêlés après mon hospitalisation en me disant : *quand je suis avec toi, il me semble retrouver Amélie.*

— Ne raconte rien à personne. Oublie tout. Pour moi, c'est foutu ; qu'est-ce qui me reste ? Mais toi, tu peux encore faire quelque chose de cette chienne de vie. Maintenant, rentre chez ta grand-mère, Louise.

Il y a tant d'aigreur dans sa voix, un pli amer au coin de ses lèvres, le regard si dur et le ton si définitif… Je ne réponds rien. Je sors de la voiture abasourdie. Elle se penche sur le côté pour claquer, entre nous, la portière du passager. Je vois un dernier instant le sommet de son crâne, les cheveux contenus dans le carcan du chignon. Et clac ! C'est fini.

Je reste sur le trottoir à la regarder de l'autre côté de la vitre, le temps qu'elle ajuste ses lunettes de soleil sur son nez, qu'elle mette la clé dans le contact avant de se raviser. Elle descend la vitre et m'offre pour seule consolation ces trois mots de rien : *Désolée, Louise, vraiment.*

XX

Si ça va pas, pince-toi de toutes tes forces, fais-toi mal. Tu verras, quand tu arrêteras, tu auras oublié ta peine. Je me souviens de ce conseil que me donnait Lorine quand les souvenirs de ma mère me dévastaient.

J'enfonce mes ongles sur le dessus de ma main, en pinçant fort la peau jusqu'à avoir envie de vomir. Quand je relâche enfin la pression, je me sens un peu mieux. Ma respiration redevient peu à peu plus calme et presque régulière.

Je monte dans l'Audi pour rejoindre le plateau. L'agent immobilier, une femme agitée, amie de Mickaël, est déjà en train de piétiner devant la bastide calcinée. Je la vois de loin, dans sa robe bariolée, sous un grand chapeau. Je sais qu'elle a déjà un acheteur et qu'elle va me proposer un prix inférieur à la valeur réelle du terrain, sous prétexte qu'un drame y a eu lieu. *Il est tellement dommage qu'une aussi belle demeure du* XVIII*e* *siècle ait brûlé tout entière en une nuit ! Tellement dommage, vraiment !* Tellement dommage... Elle va et vient, s'approche du trou que l'eau de la piscine devait combler et fixe un peu trop longtemps le fond en béton armé.

— Eh bien, Louise, je ne veux pas vous presser mais j'ai un acheteur et croyez-moi, pour un terrain si loin de tout, sur ce plateau aride, venté, où votre pauvre mari, hélas... Enfin, réfléchissez vite, c'est un conseil d'amie.

— Tant que l'enquête n'est pas bouclée et que la succession n'est pas réglée, je ne peux pas vendre, je vous l'ai dit.

— Je sais, je sais, mais ce n'est qu'une promesse d'achat. Ils savent bien qu'il faudra attendre un peu, le moins possible, enfin pour vous, que vous passiez à autre chose comme on dit, que vous fassiez votre deuil.

Comme prévu l'offre est très en deçà de la valeur du terrain mais je m'en fous, je veux la faire taire. Je lui arrache presque la feuille des mains.

— Donnez-moi un stylo.

— Pas si vite, vous allez recevoir la proposition par recommandé.

Affaire conclue. Ou presque.

XXI

Quand j'ai téléphoné, le soir du feu, Paul était hors de lui.

— Qu'est-ce que tu racontes, Louise, un pneu crevé ? C'est quoi, cette excuse bidon ? Je viens de voir des phares sur le plateau, je croyais que c'était toi qui rentrais enfin. Dépêche-toi ! Il n'y a pas de circulation à cette heure-ci, si tu mets la gomme, tu es là dans trois quarts d'heure maximum. Il va falloir que tu t'expliques. Attends, on sonne, je vais voir qui c'est. Et dépêche-toi !

J'ai fumé plusieurs cigarettes sur l'autoroute, pied au plancher, sur la voie de gauche. Il n'y avait personne, le détecteur de radar que Paul avait commandé à l'étranger n'indiquait aucun risque. Le seul danger, c'était ma propre fébrilité, mes mains moites sur le cuir du volant et mes battements de cœur accélérés.

La bastide m'est apparue finalement, dans la lumière rouge et inconnue. Devant moi, mon quotidien s'éparpillait en fragments virevoltants et enflammés. J'ai eu le temps de me dire que ce que je voyais était plus grave que mon retard. Sans doute, ce soir-là, je n'aurais pas à me justifier.

Brusquement, tout a explosé, le toit et les vitres, dans un souffle aussi formidable que le coup de grisou dans une mine de charbon. J'ai eu l'impression d'être plaquée contre l'appui-tête du siège de l'Audi. Je suis descendue de la voiture hébétée, j'ai couru vers la porte sans réfléchir mais un serpent de feu s'est précipité vers moi et j'ai reculé. J'ai appelé. *Paul ! Paul !* J'ai hurlé de toutes mes forces, en espérant qu'il ne répondrait pas. Et puis, malgré les craquements des poutres abattues par les flammes que le vent excitait, j'ai entendu sa voix : *Louise, par ici, près de la piscine !*

Paul était étendu sur le dos, sans son fauteuil, à côté du trou rectangulaire que la pelleteuse avait creusé. Ses vêtements et sa peau étaient déchirés, il avait dû ramper sur la caillasse pour se traîner jusque-là, il respirait bruyamment entre deux quintes de toux. Je me suis mise à genoux.

— Paul, qu'est-ce qui s'est passé ?

Je me suis assise pour qu'il puisse agripper mon cou plus facilement et monter sur mon dos. Il fallait que je l'emmène à l'hôpital tout de suite.

— C'est Clara. C'est elle qui a mis le feu ! Elle est venue, je n'ai pas compris, ça s'est passé très vite. Elle m'a dit quelque chose puis elle m'a fait tomber du fauteuil. Elle avait trouvé le bidon de fioul dans le garage, elle en a mis partout, elle a craqué une allumette et elle est partie. Je ne sais pas comment j'ai réussi à ouvrir la porte et à me traîner jusqu'ici.

— Clara ?

Je me suis dit qu'elle l'avait fait pour moi, parce qu'elle avait compris qu'il ne me laisserait jamais partir, parce qu'elle voulait me sauver.

Paul a deviné une fraction de seconde avant moi, avant même que je ne voie la solution, en suivant mon regard vers le fond de la piscine en construction et les tiges en fer du béton armé pointées vers le ciel. Assise par terre, face à Paul, j'ai poussé sur mes jambes dans une détente prodigieuse pour les déplier. Mes deux pieds ont heurté de plein fouet le torse de mon mari qui a basculé dans la fosse. Empalé sur une tige métallique, les yeux ouverts, Paul gisait sur le dos.

Il y avait une grande bâche de chantier, plaquée au sol par des pierres que j'ai déplacées. J'ai couvert son corps de ce grand linceul de plastique jaune.

Je me suis couchée, tête vers le ciel, et j'ai hurlé dans le vent sous la lumière irréelle de la nuit incendiée.

Les pompiers étaient déjà en route quand j'ai appelé le 18. Dès que le feu avait traversé le toit de la bastide, le ciel s'était embrasé, projetant une lueur rousse caractéristique qui les avait alertés. En les attendant, j'ai laissé un message sur le répondeur de Clara.

Il y a eu les sirènes, les gyrophares, les uniformes. C'est alors que j'ai commencé à trembler, à tel point que mon portable m'a échappé des mains. Le camion de pompiers qui arrivait à folle allure l'a écrasé.

Je suis restée de longues heures sur une civière, m'assoupissant par intermittence. Un pompier m'avait donné un puissant calmant, parce que je n'arrêtais pas de frissonner, malgré la chaleur de l'été et du feu. Parfois, j'ouvrais un œil pour demander d'une voix vide si mon amie était arrivée. Quand l'incendie a été maîtrisé, j'ai émergé de ma somnolence médicamenteuse. Clara était près de moi. Un gradé est venu au rapport : on n'a rien pu sauver, on a retrouvé le fauteuil aux roues explosées, calcinées… mais pas votre mari.

Il a fallu attendre le petit matin pour que la bâche soit soulevée et le corps de Paul découvert. J'ai dû l'identifier avant de faire ma première déposition. Les états d'âme de Paul, le déjeuner avec Clara, l'exposition et le retour : heure à vérifier sur les caméras de l'autoroute.

Comment la bâche que les ouvriers assuraient avoir arrimée solidement au sol s'était-elle soulevée pour s'étendre sur la dépouille ? Il y avait eu du vent ce soir-là, un vent si violent… *pour peu que les pierres n'aient pas été bien réparties ; parfois les ouvriers… surtout s'ils sont pressés de partir… Paul se plaignait souvent de leur négligence. Il faut les comprendre, remarquez. Avec cette chaleur, la poussière, le moteur insistant de la bétonnière… Je ne sais pas…*

On me rappellerait pour une autre audition. Que je me repose. On avait le numéro de madame Détri, mais je devais prévenir si j'allais ailleurs. Comme une évidence, j'ai donné le numéro du fixe de Toinette.

— Tu te demandes comment Paul s'est retrouvé là, n'est-ce pas ? Tu l'as laissé dans la maison avant de mettre le feu. Tu n'aurais pas cru qu'il ait la force de sortir de la bastide ?

— …

Clara n'a pas répondu.

— Il était vivant, quand je suis arrivée, il avait réussi à ramper jusqu'à la piscine.

Clara ne disait toujours rien. Elle m'épiait.

Alors je lui ai dit merci, *merci d'avoir fait ça pour moi.*

— Pour toi, Louise ? Je me doutais bien que tu étais malheureuse avec lui, tu l'as toujours été. Mais tu n'as jamais voulu m'en parler, même après l'accident. Tu crois que j'aurais été prête à tuer un homme sous prétexte que tu n'arrivais pas à le quitter ? Ma petite Louise, ce n'est pas pour toi que je l'ai fait.

Clara a débouché deux Desperados bien fraîches. On venait d'arriver chez elle après cette nuit de feu et de folie. Les yeux me brûlaient, comme frottés avec du papier de verre. Il était treize heures, mon ventre grognait mais j'ai bu une gorgée de bière en me laissant tomber sur le canapé.

— Je pensais ne jamais raconter ça à personne, Louise… Tu m'as remerciée de t'avoir libérée de Paul mais c'est moi qui devrais te remercier de l'avoir achevé. J'étais sûre qu'il avait brûlé avec sa foutue baraque. C'est vrai, jamais je n'aurais imaginé qu'il arriverait à ramper jusqu'à la piscine…

— Mais pourquoi alors ? Pourquoi tu as fait ça ?

— Il y a un mois, Antoine est rentré d'Australie pour la succession de ses parents. Je ne l'avais pas vu depuis des années, je ne comprenais pas la raison pour laquelle François repoussait toujours notre voyage pour lui rendre visite. Mes beaux-parents y étaient allés à plusieurs reprises pourtant. Il a des enfants, nos neveux, que nous n'avons jamais vus. J'ai toujours senti qu'il y avait eu un différend entre les deux frères, ils s'étaient éloignés après la disparition d'Amélie. Je pensais qu'il avait dû se produire quelque chose à ce moment-là et que je ne m'en souvenais pas. François m'assurait que non, je ne l'ai jamais cru. Il était tellement… désemparé dès que j'abordais le sujet que je n'osais plus… chaque fois, ça le rendait sombre, malheureux, mutique toute la journée.

Antoine est venu seul, le mois dernier, sans sa femme et ses enfants que j'espérais rencontrer. Après la visite chez le notaire, il m'a invitée à dîner et… il a beaucoup bu… et… il a parlé. Clara a planté ses yeux dans les miens, comme des pieux. Son regard était effrayant.

— Paul a violé et tué Amélie. François et Antoine les ont vus quitter la soirée ensemble.

Au fur et à mesure que Clara parlait, la nausée montait vers mes lèvres, de plus en plus insistante, acide et violente. Secouée de spasmes, j'ai vomi sur le tapis persan.

Le soir de la dernière fête, Clara avait envoyé un baiser de loin à Amélie qui rentrait dormir pour être en forme. Elle devait partir en randonnée le lendemain. Paul lui avait fait des avances à plusieurs reprises, elle l'avait éconduit à chaque fois. Elle l'avait dit d'ailleurs à Clara : elle ne le sentait pas ce type.

Depuis qu'Antoine a parlé, mille fois Clara s'est repassé les scènes de la soirée. Elle a imaginé que Paul avait vu Amélie partir cette nuit-là et qu'il lui avait emboîté le pas. Personne n'avait remarqué son absence dans la confusion de la fête et de l'ivresse. Il était fatigué, trop de monde, de musique, de chaleur. C'est ce qu'il dirait plus tard à François.

Paul était garé devant l'immeuble, il avait proposé à Amélie de la raccompagner. Elle avait l'habitude de rentrer à pied, mais comme il était déjà tard elle avait dit oui. François et Antoine ont assisté à leur départ, depuis la terrasse où ils étaient sortis pour fumer une cigarette ; ils n'y ont pas accordé d'importance sur le moment.

Paul pensait sans doute forcer la chance, une fois garé devant chez elle. Rien de mal, un simple baiser dans le cou alors qu'elle est sur le point de sortir de la voiture. Elle s'écarte brusquement de lui. Il la plaque contre la portière et l'embrasse sur les lèvres. Elle veut l'en empêcher, le repousse et le frappe au visage. Il lui rend son coup et elle se cogne très fort à la vitre de la voiture en reculant. Elle perd connaissance. Paul devine ses seins sous le chemisier et glisse une main sous sa jupe. Il en a envie depuis des mois, une sorte d'obsession, alors il bascule le siège passager, enjambe le levier de vitesse, se couche sur elle et écarte sa culotte. Quand elle revient à elle, elle se débat, il lui écrase la bouche avec le poing.

Et puis soudain, tout s'arrête : les coups de reins entre les cuisses d'Amélie, les mouvements désordonnés de la jeune fille pour s'y soustraire et son cœur brutal, affolé, qui frappe la poitrine comme un bélier à l'entrée d'une forteresse.

Tout s'arrête. Plus rien. Le silence et l'immobilité. La main de Paul, qui de la bouche a glissé pour agripper le cou, relâche son étreinte et la tête inerte roule vers la vitre, l'œil vitreux.

Après il a roulé le corps dans un drap récupéré à la hâte chez lui.

Il l'a jeté comme un déchet dans le ravin.

Cette scène effroyable, Clara se l'était imaginée puis repassée en boucle, depuis un mois ; le jour, la nuit, sans cesse, à devenir folle. Elle inventait chaque fois de nouveaux détails. Les insomnies nourrissaient son imagination et faisaient enfler sa haine. L'envie de tuer qui monte dans les poings serrés. Saisir la moindre occasion, la provoquer. Une invitation pour un vernissage. Insister auprès de Paul pour que Louise vienne. C'est un artiste qu'elle adore, ça aura lieu dans la galerie qui appartenait à François et qu'elle a tenue. *Ça lui fera du bien de sortir pour une fois !*

Crever un pneu de l'Audi dans l'après-midi pour retarder Louise, s'éclipser de la galerie, juste après elle. Puis filer à la bastide par les routes secondaires, aller dans le garage récupérer le bidon de fioul pour le chauffage, en répandre partout, très vite, renverser le fauteuil roulant par surprise, jeter l'allumette et décamper.

J'ai demandé comment Antoine savait. Clara l'a obligé à se souvenir, dans les moindres détails.

— Il n'avait rien oublié des quelques jours qui ont suivi la disparition de ma sœur. Quand les recherches ont commencé, François a dit à Paul qu'il l'avait vu partir avec Amélie. Ton mari a prétendu l'avoir déposée en bas de son immeuble, rien de plus. *Elle allait en randonnée tôt le lendemain. Elle ne s'est pas attardée. Inutile d'en parler.* Mais les jours passaient, on n'avait toujours pas retrouvé ma sœur, alors François est revenu à la charge. Il voulait savoir si Paul n'avait rien tenté, il savait qu'Amélie lui plaisait. Il a fini par avouer l'avoir embrassée et prétendu qu'elle l'avait repoussé avant de claquer la porte de la voiture. François lui a alors demandé pourquoi il ne l'avait pas dit tout de suite. Eh bien au début, il n'avait rien dit parce qu'il s'était *pris un vent*, pas de quoi être fier. Puis après, il avait soi-disant eu peur des conséquences. Il a juré qu'il n'avait rien fait. Si François disait aux flics qu'il l'avait vu partir avec Amélie, il serait accusé d'office. Moi, je sais qu'il l'a violée, j'en suis sûre, Louise.

Mais il n'en fallait pas beaucoup pour convaincre François du contraire. Paul sans famille, Paul et son histoire difficile ; le sort qui s'acharne sur lui de nouveau... Ton mari a ensuite rappelé leur amitié éternelle. La corde sensible tendue soudain comme un arc, cette enfance qui les liait, à la vie à la mort... Depuis toujours, l'emprise de Paul. Paul qui répète à qui veut l'entendre : *je serais prêt à tout, vraiment à tout pour François.*

Tu es plus qu'un frère... Pour toi, je donnerais la main avec laquelle je peins.

À cette époque-là, chaque fois qu'il buvait, Paul était particulièrement emphatique : *un ami*, répétait-il, *c'est quelqu'un chez qui tu sonnes à quatre du matin, à qui tu dis, j'ai commis un crime et qui te réponds : où est le corps ?*

Antoine voulait dire la vérité aux flics.

— Et si ça avait dégénéré dans la voiture ? Si Paul avait voulu l'embrasser de force et…

— Tu dis n'importe quoi ! Il n'a rien à voir avec sa disparition, rien ! hurlait François. Pas une seconde, il n'a imaginé que son ami ait pu mentir. La dispute a duré des heures et finalement Antoine n'a rien dit à la police, mais il n'a plus jamais parlé à son frère.

— Mais comment tu peux être sûre que c'est Paul qui a tué Amélie ? Tu ne crois pas que tu vas trop loin, Clara ?

Son regard m'a glacée.

Je venais de prononcer les mots par lesquels je condamnais notre amitié.

XXII

Je regarde la voiture de l'agent immobilier s'engager sur la route des pins. Je l'emprunte à mon tour, en marchant tête nue sous le soleil. Je titube légèrement. Dans la crique, comme toujours, il n'y a personne. Sous mes plantes de pied, les grains de sable sont autant de particules vicieuses et brûlantes. Je cours dans l'eau qui se referme sur mon corps nu et je caresse sa surface lisse, émue par cet adieu très doux. Je détaille chaque recoin de ma crique depuis la mer : les rochers qui affleurent et qui griffent les pieds, le pin parasol en déséquilibre, presque couché, exhibant ses racines dans une agonie magnifique qui m'offrait une ombre généreuse après chaque bain. J'aurais aimé emmener Toinette ici, l'installer sous l'arbre et lui faire signe depuis le large. Mais elle m'aurait sûrement rétorqué, elle qui n'a jamais vu la mer : *nous, on a notre rivière, tu sais ma Loulou, et elle est aussi belle.*

En remontant la sente escarpée pour reprendre ma voiture, je me retourne une seule fois sur l'étoffe bleutée, ourlée, au rivage, d'une fine dentelle blanche.

Les cheveux mouillés protègent mon crâne pendant que je traverse le plateau une dernière fois. L'Audi braque ses phares comme deux yeux moqueurs sur les ruines de la bastide aux quatre vents, la bastide tout feu tout flammes quelques jours plus tôt, tas de pierres noircies aujourd'hui, tas de cendres et tas de douleurs, que je laisse derrière moi en faisant demi-tour, vers le village de mon enfance, vers une vie nouvelle. La vie devant moi, peut-être.

Le garagiste me regarde étonné quand j'accepte la transaction. Je souris, je lui dis que je ne suis pas dupe, que je connais le prix de la bagnole. Je sais qu'il m'en propose un prix ridicule mais tant pis. J'ai toujours détesté cette voiture de toute façon, voiture de vieux beaux de la côte. Comme tout le reste. Les vêtements de lin et de marque : partis en fumée. Les étoffes de soie : en fumée. Le cuir chocolat des bottines et du canapé d'angle : en cendres. Les manteaux en fourrure d'animaux morts, au feu…

À la place, j'ai choisi une Renault d'occasion, petite et maniable, qui démarre sans bruit. Le garagiste me regarde manœuvrer, une main sur l'Audi, dans un geste satisfait de propriétaire. Affaire conclue.

Avec insouciance, je roule vers l'enfance, vers la rivière, vers des lendemains neufs.

Au moment de m'engager vers le centre du village et la maison de Toinette, je vois une jeune femme de dos, tenant un enfant par la main. Je la reconnais sans peine, même si sa taille s'est épaissie et si ses cheveux, agressés par des décolorations hasardeuses, ont perdu leur éclat. Je gare la Renault sur le bas-côté et la rattrape en courant :

— Lorine !

— Louise ? Non, mais ça alors !

Le Café de la Place s'appelle maintenant l'Auberge des Platanes ; les nouveaux propriétaires l'ont transformé en hôtel-restaurant. Il fait frais sous les arbres. Le petit garçon est très sage. À deux tables de nous, il boit son chocolat en silence alors que sa mère, qui l'a éloigné exprès, n'arrête pas de parler. On lève nos monacos rouges. On trinque. Je gratte mon flanc gauche discrètement pour apaiser les cicatrices qui parfois s'embrasent encore. Lorine a l'air émue de me voir. Elle a collectionné tous les articles sur Paul depuis que je suis partie vivre avec lui.

— Je suis même allée avec mon mari, mon gros con d'ex-mari je devrais dire, voir une exposition à Paris. Quelle chance d'avoir été sa muse !

Quelle chance ! Oh pardon, désolée... Mes condoléances...

Elle met le nez dans son verre, ça fait un peu de silence, un répit. *Quel drame cet incendie !* Elle aimerait des détails. Je ne raconte rien. Elle est déçue. Finalement, elle se rabat sur sujet favori : elle-même. Sa vie conjugale calamiteuse, son divorce et son retour chez ses parents, en attendant. Et puis rien, sentimentalement, rien ; *même pas un plan cul de temps en temps*. Elle dit ça tout bas en regardant l'enfant avec rancœur. Je me répète « rien » et je souris.

Elle me fait des signes pendant que je manœuvre. J'ai pitié d'elle, du poids de son corps et de sa vie, alors que je ne me suis jamais sentie aussi légère. Une plume, une bulle de savon, un pompon de pissenlit qu'un souffle disperse en poussière d'ange. Je lui crie *à bientôt*, par la fenêtre de la voiture, je rajoute, sincère :

J'ai été contente de te voir.

— À bientôt, Louise !

Elle attend sur le trottoir que je passe devant elle pour me rendre chez Toinette, mais je change subitement d'itinéraire. Je coupe une ligne blanche sans vergogne, pour faire demi-tour. Sur la gauche, j'emprunte un chemin accidenté qui met à mal les amortisseurs de la petite voiture. Pendant un kilomètre, la Renault se dandine entre les nids-de-poule. Je me gare le long d'un champ pour finir la route à pied.

Soudain, devant moi, les aubes du moulin brassant l'eau vive de la rivière. Et lui, de dos, torse nu, penché sur les volets écaillés. Un ravissement.

Dans le vacarme de la ponceuse, il ne m'a pas entendue arriver. Il est concentré, tout entier à sa tâche.

C'est un instant suspendu, avant que le temps figé il y a quinze ans, un mois et quatre jours ne reprenne son cours. Un de ces instants incertains, gorgés d'espoir comme un fruit de printemps, que les vers et la grêle pourraient gâter. Le champ vaste des possibles, dernier instant avant qu'Yvan ne se retourne. Une fraction de temps que je savoure avant de dire : *Et si on se baignait ?* J'attends encore une seconde et je me lance. Un, deux, trois.

Maintenant.

REMERCIEMENTS

Un grand merci à Chloé Deschamps, mon éditrice « dentellière », pour la finesse de sa relecture, elle qui sait si bien comment ciseler un texte.

À mes parents et à tous les membres de ma famille que j'ai inondés de mes poèmes d'enfant et qui m'ont, malgré tout, encouragée à écrire.

À mes amis du mardi et du jeudi avec lesquels j'ai souvent trinqué à l'édition de ce roman.

À mes amies de toujours pour nos bains de mer et de rivière et à celles d'aujourd'hui pour leurs critiques et leur enthousiasme.

À ma fille qui ne voulait jamais se coucher et pour qui j'ai inventé des contes à dormir debout.

À mon fils qui, bercé par ma voix, s'endormait immédiatement quand je lui racontais des histoires.

Je remercie enfin Cyrille qui a suivi, au jour le jour, la gestation de ce roman et qui persiste et signe pour poursuivre l'aventure à mes côtés. Affaire conclue !

Cet ouvrage a été achevé d'imprimer
par CPI Firmin-Didot au Mesnil-sur-L'Estrée
pour le compte des éditions Grasset
en février 2021.

Mise en pages
PCA 44400 Rezé

PAPIER À BASE DE FIBRES CERTIFIÉES

Grasset s'engage pour l'environnement en réduisant l'empreinte carbone de ses livres. Celle de cet exemplaire est de :
450 g éq. CO_2
Rendez-vous sur www.grasset-durable.fr

N° d'édition : 21931 – N° d'impression : 162.335
Dépôt légal : avril 2021
Imprimé en France